SEQUESTROS NA NOITE

Livros do autor publicados pela **L&PM** EDITORES

O cão de terracota
A forma da água
Sequestros na noite

ANDREA CAMILLERI

SEQUESTROS NA NOITE

Tradução de Joana Angélica d'Avila Melo

L&PM
EDITORES

Texto de acordo com a nova ortografia.

Título original: *La giostra degli scambi*

Primeira edição: agosto de 2022
Esta reimpressão: outubro de 2023

Tradução: Joana Angélica d'Avila Melo
Capa: Paul Buckley. *Ilustração:* Andy Bridge
Preparação: L&PM Editores
Revisão: Guilherme da Silva Braga

CIP-Brasil. Catalogação na publicação
Sindicato Nacional dos Editores de Livros, RJ.

C19s

    Camilleri, Andrea, 1925-2019
      Sequestros na noite / Andrea Camilleri; tradução Joana Angélica D'Avila Melo. – 1. ed. – Porto Alegre [RS]: L&PM, 2022.
      232 p. ; 21 cm.

      Tradução de: *La giostra degli scambi*
      ISBN 978-65-5666-260-2

      1. Ficção italiana. I. Melo, Joana Angélica D'avila. II. Título.

22-77040   CDD: 853
                      CDU: 82-3(450)

Gabriela Faray Ferreira Lopes - Bibliotecária - CRB-7/6643

© *La giostra degli scambi* 2015 © Sellerio Editore
Publicado mediante acordo especial com a Sellerio Editore em conjunto com os agentes indicados por eles Alferj e Prestia e The Ella Sher Literary Agency

Todos os direitos desta edição reservados a L&PM Editores
Rua Comendador Coruja. 314, loja 9 – Floresta – 90.220-180
Porto Alegre – RS – Brasil / Fone: 51.3225.5777

Pedidos & Depto. Comercial: vendas@lpm.com.br
Fale conosco: info@lpm.com.br
www.lpm.com.br

Impresso no Brasil
Primavera de 2023

Um

Por volta das cinco e meia daquela manhã, uma mosca, que havia tempo estava grudada ao vidro da janela e parecia estar morta, abriu as asas de repente, limpou-as com capricho, esfregando-as, levantou voo e pouco depois mudou de rumo para ir pousar no tampo da mesa de cabeceira.

Ficou parada ali um tempinho, analisando a situação, e em seguida voou disparada para dentro da narina esquerda de Montalbano, que dormia sossegado.

No sono, o comissário sentiu um desagradável prurido no nariz e, para fazê-lo passar, deu um vigoroso tapa na cara. Mas, atordoado como estava em virtude do repouso em pleno curso, não calculou a força do golpe, de modo que o tabefe desfechado em si mesmo teve dois resultados imediatos: o de acordá-lo e o de lhe desconjuntar o nariz.

Levantou-se às pressas, metralhando xingamentos enquanto o sangue lhe escorria aos borbotões, correu à cozinha, abriu a geladeira, pegou dois cubinhos de gelo, aplicou-os na base do nariz e se sentou, mantendo a cabeça totalmente inclinada para trás.

Passados cinco minutos, o sangue estancou. Ele foi ao banheiro, deu uma lavada na cara, no pescoço e no peito e voltou a se deitar.

Tinha acabado de fechar os olhos quando sentiu precisamente o mesmíssimo prurido de antes, mas desta vez dentro da narina esquerda. Estava claro que a mosca havia decidido explorar um outro campo.

O que fazer para eliminar tamanha pentelhação? Dada a recente experiência, não era realmente o caso de um novo sopapo.

Balançou de leve a cabeça. A mosca não apenas não saiu, mas penetrou ainda mais fundo.

Talvez se lhe desse um susto...

– Ahhhhh!

O berro que soltou foi tamanho que o deixou tonto, mas obteve o efeito pretendido. O prurido havia acabado.

Estava finalmente pegando no sono quando sentiu a desgraçada outra vez, agora passeando pela sua testa. Disparando outra série de palavrões, decidiu experimentar uma nova estratégia.

Agarrou o lençol com as duas mãos e puxou-o de repente sobre a cabeça, escondendo-a por completo. Assim, a mosca não poderia mais encontrar nem um centímetro de pele descoberta, ainda que ele, mantendo-se embrulhado daquele jeito, viesse a sentir falta de ar.

Foi uma vitória de brevíssima duração.

Menos de um minuto depois, o comissário sentiu-a distintamente aterrissar sobre o seu lábio inferior.

Estava claro que aquela tremenda cachorra não tinha voado, mas tinha permanecido embaixo do lençol.

Um desânimo repentino o invadiu. Contra aquela mosca maldita ele jamais teria sucesso.

"O homem forte sabe reconhecer a própria derrota", disse a si mesmo, levantando-se da cama, resignado, e indo tomar banho.

Quando voltou ao quarto para se vestir, ao pegar a calça de cima da cadeira viu, com o rabo do olho, a mosca pousada sobre a mesa de cabeceira.

A safada estava bem ao seu alcance, e ele aproveitou.

Fulminante, ergueu e baixou com toda a força a mão direita, esmagando a mosca, que ficou grudada à sua palma.

Voltou ao banheiro e lavou demoradamente as mãos, cantarolando e sentindo-se satisfeito pela desforra.

Mas, quando entrou de novo no quarto, com o passo desenvolto dos vencedores, paralisou-se.

Havia uma mosca passeando em cima do travesseiro.

Então as moscas eram duas! E ele, qual havia matado?

A inocente ou a culpada? E se por acaso tivesse matado a inocente, um dia alguém lhe jogaria na cara esse erro e o faria pagar?

"Mas que besteiras são essas que lhe passam pela cabeça?", disse a si mesmo.

E começou a se arrumar.

Tendo bebido uma grande xícara de café e terminado completamente de se vestir, abriu a porta-balcão e saiu para a varanda.

O dia se apresentava igualzinho a um cartão-postal: praia dourada, mar cor de anil, céu azul, sem sequer uma sombra de nuvem. Havia até mesmo uma vela longínqua.

Montalbano respirou fundo, enchendo os pulmões de ar salino e sentindo-se renascer.

Notou à direita, bem na linha da arrebentação, dois homens parados, discutindo. A discussão devia estar bem animada; embora não conseguisse ouvir as palavras por causa da distância, o comissário o percebeu pelos movimentos agitados e nervosos dos braços e das mãos deles.

Então, de repente, um dos dois fez um gesto que de início Montalbano não enxergou bem, foi como se o sujeito levasse à frente a mão direita, que brilhou, atingida pelo sol.

Era indubitavelmente a lâmina de uma arma, e o outro reagiu bloqueando-a com as duas mãos, enquanto pespegava uma joelhada nos colhões do primeiro. Em seguida os dois corpos se atracaram, perderam o equilíbrio e caíram, mas continuaram brigando ferozmente, rolando agarrados sobre a areia.

Sem pensar duas vezes, o comissário desceu da varanda e correu em direção aos dois. À medida que se aproximava, começava a ouvir as vozes.

– Vou te matar, seu corno!

– E eu vou te arrancar as tripas!

Já sem fôlego, Montalbano finalmente os alcançou.

Um dos dois havia conseguido ficar por cima do adversário e o mantinha imobilizado em cruz, apoiando os joelhos sobre os braços abertos do outro; estava praticamente sentado em cima da barriga dele e lhe esmurrava a cara.

Montalbano, pelo sim, pelo não, desestribou-o com um grande pontapé no flanco. O homem, atingido de surpresa, caiu de lado sobre a areia, gritando:

– Cuidado que ele tem uma faca!

O comissário se voltou de chofre.

De fato, o sujeito que estava por baixo começava a se levantar, segurando na mão direita um canivete automático.

Montalbano havia feito uma grande confusão, um equívoco: o mais perigoso dos dois era o que estava no chão. O comissário, porém, não lhe deu tempo sequer de abrir a boca. Com um pontapé na cara, devolveu-o à mesma posição de antes, de costas sobre a areia. O canivete voou longe.

O outro, que enquanto isso havia se levantado, aproveitou imediatamente a situação favorável e se jogou em cima do adversário, recomeçando a esmurrá-lo.

Tudo tinha voltado ao ponto de partida.

Então Montalbano se abaixou, agarrou pelos ombros o esmurrador e tentou puxá-lo para trás. Mas, como o sujeito não apresentou nenhuma resistência, foi Montalbano quem perdeu o equilíbrio e caiu de costas, com o esmurrador em cima de sua barriga.

O homem do canivete, num abrir e fechar de olhos, se lançou sobre os dois. O esmurrador esperneava tentando acertar os colhões do comissário, Montalbano socava o esmurrador com o punho esquerdo e com o punho direito espancava aquele que estava em cima de todos, o qual, por sua vez, com uma das mãos procurava cegar o comissário furando-lhe os olhos e com a outra tentava fazer o mesmo no esmurrador.

Em poucos instantes havia uma espécie de bola com seis braços e seis pernas rolando sobre a areia, uma bola vociferante em meio a palavrões, socos, xingamentos, joelhadas e ameaças. Até que...

Até que uma voz, muito próxima e imperiosa, ordenou:
– Parados ou eu atiro!

Os três se imobilizaram e olharam.

Quem havia falado era um cabo dos *carabinieri*, o qual apontava para eles uma metralhadora. Atrás do cabo estava outro *carabiniere* com o canivete automático na mão. Evidentemente, ao passarem pela estrada litorânea, tinham visto três homens atracados e resolveram intervir.

– Levantem-se!

Os três se ergueram.

– Mexam-se! – continuou o cabo, indicando-lhes com a cabeça um jipão estacionado na pista, com um *carabiniere* ao volante.

"Me revelo como comissário ou não me revelo?", foi a dúvida hamletiana de Montalbano enquanto caminhava com os outros para o jipão.

Concluiu que era melhor se revelar logo e esclarecer o equívoco.

– Um momento. Eu sou... – disse, parando.

E o grupo se deteve, olhando para ele.

Mas o comissário não pôde continuar.

Porque naquele exato momento se lembrou de que havia deixado a carteira com seus documentos, inclusive o de identificação policial, na gaveta da mesa de cabeceira.

– E então, vai ou não vai nos dizer quem é? – perguntou, irônico, o cabo.

– Direi ao tenente dos senhores – respondeu Montalbano, recomeçando a caminhar.

Felizmente, a traseira do jipão era coberta por uma lona, do contrário o vilarejo inteiro, ao ver passar o comissário Montalbano detido pelos *carabinieri*, cairia na gargalhada.

Já no posto dos *carabinieri*, os três foram levados, não se pode dizer que com gentileza, a um aposento espaçoso, e o cabo foi se sentar atrás de uma das duas escrivaninhas que lá havia.

Com toda a calma do mundo, ajeitou o paletó, examinou demoradamente uma esferográfica, leu um boletim, abriu uma gaveta, olhou dentro, fechou-a, pigarreou e, por fim, atacou:

– Vamos começar por você – disse, dirigindo-se a Montalbano. – Mostre um documento de identificação.

O comissário ficou constrangido ao compreender que se desenhava uma situação bastante aborrecida. Melhor seria mudar de assunto.

– Não tenho nada a ver com a briga – declarou, com voz firme. – Intervim apenas para separá-los. E estes dois, que aliás eu nem conheço, podem confirmar.

E se voltou a fim de olhar para os outros, que se mantinham três passos atrás, vigiados por um *carabiniere*.

Então aconteceu uma coisa estranha.

— Eu só sei que você me deu um pontapé no costado que está doendo até agora — disse o esmurrador.

— E em mim, deu um na cara — reforçou o do canivete.

Em um segundo, Montalbano compreendeu a situação. Os dois filhos da puta o tinham reconhecido muitíssimo bem, e agora se divertiam deixando-o em dificuldade.

— Vou lhe tirar rapidinho a vontade de bancar o esperto — disse o cabo, ameaçador. — Me dê o documento.

Não havia jeito, ele tinha de falar a verdade.

— Não está comigo.

— Por quê?

— Esqueci em casa.

O cabo se levantou.

— Veja bem, eu moro numa casinha que...

O cabo se plantou diante dele.

— ... dá justamente para a praia. Agora de manhã, eu...

O cabo o segurou pela lapela.

— Eu sou um comissário! — bradou Montalbano.

— E eu, um cardeal! — respondeu o cabo, sacudindo-o para a frente e para trás, com tanta força que quase lhe fez cair a cabeça, como uma pera madura.

— O que está acontecendo aqui? — perguntou, entrando na sala, o tenente dos *carabinieri*, que comandava o posto.

O cabo, antes de responder, deu mais uma sacudidela violenta em Montalbano.

— Peguei estes três atracados numa briga. Um deles tinha um canivete automático. E este aqui alega ser...

— Ele se identificou?

— Não.

— Solte-o agora mesmo e leve-o à minha sala.

O cabo olhou intrigado para seu superior.

— Mas...

— Cabo, eu lhe dei uma ordem — cortou o tenente, saindo do aposento.

Mentalmente, Montalbano o parabenizou. Aquela atitude salvava todo mundo do ridículo, porque o tenente e o comissário se conheciam mais do que bem.

Enquanto percorriam o corredor, o cabo, embasbacado, perguntou baixinho:

— Diga a verdade: o senhor é mesmo um comissário?

— Que nada, imagine! — tranquilizou-o Montalbano.

Tudo esclarecido, aceitas as desculpas do tenente, dez minutos depois Montalbano se viu fora do posto dos *carabinieri*.

Devia forçosamente ir para casa a fim de se trocar: na refrega, não somente a areia lhe tinha penetrado até as partes íntimas como também sua camisa estava rasgada e faltavam dois botões no paletó.

O mais sensato era ir até o comissariado, que a pé ficava a menos de quinze minutos, e depois ser levado de viatura até Marinella.

Apressou-se.

Mas, como lhe doíam o olho esquerdo e a orelha direita, parou diante de uma vitrine para se ver.

O olho havia recebido um soco violento e a pele ao redor começava a ficar arroxeada; já na orelha, distinguiam-se claramente as marcas de dois dentes.

Catarella, assim que o viu, soltou um urro que não parecia humano, lembrava mais o de um animal ferido. E depois desembestou numa avalanche de perguntas:

— O que foi isso, dotor? Digressão a mão armada? Digressão a mão nua? Cilada? Roubo? O que foi, hein? Colusão tomobilística? Explosão? Incêntio doloroso?

— Calma, Catarè — interrompeu o comissário. — Eu simplesmente caí. Novidades?
— Não, nenhuma. Ah, agora de manhã passou um senhor o qual que queria falar com vossenhoria em pessoa pessoalmente.
— Disse como se chamava?
— Sim. Alfredo Pitruzzo.
— Gallo está aí?
— Está.
— Avise a ele para me levar a Marinella. Espero no estacionamento.

Ele notou que no espaço em frente à sua casa havia, além do seu, outro carro estacionado. Despediu-se de Gallo, abriu a porta e entrou. Ao ouvir o barulho, a empregada Adelina veio da cozinha, olhou-o e começou, também ela, a berrar:
— Minha mãe do céu, o que aconteceu com vossenhoria? O que foi? Nossenhora, que manhã! Que manhã desgraçada!
Montalbano ficou desconfiado. Por que Adelina dizia aquelas palavras? Por que definia a manhã como desgraçada? O que mais podia ter acontecido?
— Explique melhor, Adelì.
— Seu dotor, hoje de manhã, quando que eu cheguei, encontrei a casa vagante, abandonada, vossenhoria não tava e a porta-balcão, aberta. Algum desdiliquente de passage podia invadir e roubar tudo. Aí, quando eu tava na cozinha, ouvi alguém entrar pela varanda. Achei que era vossenhoria e fui espiar. Não era vossenhoria, era um homem que olhava pra tudo quanto era lado. Me convenci que era um ladrão. Aí garrei uma panela pesada e voltei a espiar. Nessa hora o homem tava de costas pra mim, então eu dei uma boa panelada na cabeça dele. O sujeito caiu no chão, desmaiado. Aí amarrei as mãos

e os pés dele com uma corda, botei uma mordaça e meti ele no quartinho das vassouras.

– Mas tem certeza de que se tratava de um ladrão?

– E eu sei lá? Uma pessoa que entra desse jeito na casa dos outro...

– Sim, mas por que, depois de derrubá-lo, você não ligou para o comissariado?

– Porque primeiro eu precisava cuidar da *pasta 'ncasciata**.

Montalbano apreciou a resposta e foi abrir a porta do quartinho. O homem estava acocorado, tremia todo e o olhou com uma expressão apavoradíssima.

Logo de cara, o comissário se convenceu de que aquele não podia ser um ladrão. Era um sessentão muito bem-vestido e bem-cuidado. Então o ajudou a se levantar, tirou-lhe a mordaça e de imediato o homem gritou:

– Socorro!

– Eu sou o comissário Montalbano!

O homem pareceu não ter escutado.

– Socorro! – berrou, desta vez com mais força.

Agora tremia da cabeça aos pés e gaguejava.

– Sococorrooo! Sococorrooo!

Já não sabia o que estava dizendo e não havia jeito de fazê-lo se calar. Tomando uma rápida decisão, Montalbano o amordaçou de novo.

Enquanto isso Adelina, ao ouvir aqueles gritos, tinha vindo às pressas da cozinha e parado junto ao comissário.

Os olhos do homem, arregalados de pavor, pareciam prestes a saltar fora das órbitas. Ele estava aterrorizado demais para raciocinar; livrá-lo agora da amarração seria um erro.

– Me ajude – pediu o comissário a Adelina. – Eu o pego pelos ombros e você pelos pés.

---

* Receita de massa ao forno siciliana, com berinjela, ragu e *caciocavallo*. (N.E.)

— Vamo levar pra onde?
— Para a poltrona em frente ao televisor.

Enquanto o transportavam como se o infeliz fosse um saco, o comissário organizou mentalmente uma versão dos acontecimentos que mataria dois coelhos de uma só cajadada. Quando o sujeito já estava sentado, Montalbano perguntou:

— Se eu mandar trazer um copo d'água para o senhor, promete que não grita "socorro"?

O homem baixou a cabeça várias vezes em sinal de assentimento. Enquanto o comissário removia a mordaça, Adelina voltou com a água e o fez beber aos pouquinhos. O comissário não repôs a mordaça.

Passados alguns minutos, o homem pareceu ter se acalmado, não tinha mais a tremedeira. Montalbano puxou uma cadeira e se sentou diante dele.

— Se não quiser falar, responda com acenos. O senhor está me reconhecendo? Eu sou o comissário Montalbano.

O homem fez que sim com a cabeça.

— Então como pode pensar que eu, que nem sequer o conheço, queira lhe fazer mal? E com que objetivo?

O homem o fitou com um olhar incerto.

Dois

Então Montalbano começou a falar usando o tom de voz mais convincente possível.

– Creio que se trata de uma infeliz coincidência. Hoje cedo, por uma série de circunstâncias imprevistas, eu precisei ir ao posto dos *carabinieri* e não tive tempo nem mesmo de fechar a porta-balcão. Está claro que alguém, ao ver que a casa estava vazia, entrou para roubar. Mas quis o azar que, logo em seguida, o senhor entrasse também. Então o ladrão, vamos chamá-lo assim, embora ele não tenha tido tempo de roubar nada, golpeou, amarrou, amordaçou o senhor e o meteu no quartinho. Só que, poucos minutos depois, chegou a empregada Adelina, e o ladrão teve que fugir de mãos vazias. Tenho absoluta certeza de que foi isso o que aconteceu. Acredita em mim?

– Sim, acredito – disse o coitado, com um fio de voz.

Montalbano se inclinou para remover a corda que atava os tornozelos do sujeito, e em seguida fez o mesmo com a das mãos.

Com certa dificuldade, o homem se levantou. Mas ainda não tinha recuperado o equilíbrio completo.

– Posso? – perguntou. – Eu me chamo...

E de repente despencou de volta na poltrona, trêmulo, e pálido como um morto.

– Está se sentindo mal?

– Estou tonto e com uma dor muito forte aqui, onde fui golpeado.

E levou a mão à parte de trás do pescoço, logo abaixo da cabeça. Adelina correu até a cozinha e voltou com um pano dentro do qual havia uns cubinhos de gelo, que ela o fez aplicar sobre a parte que doía. O homem gemeu baixinho.

Montalbano ficou bastante preocupado. A panelada de Adelina, que era uma mulher robusta e forte, podia ter provocado algum dano interno.

– Fique sentado e não se mova.

Foi até o telefone e ligou para o comissariado.

– Catarè, Gallo está aí?

– Sim, tá *in loco*, dotor.

– Diga a ele que retorne correndo aqui para Marinella.

Desligou e voltou até o homem.

– Vou mandar levá-lo ao pronto-socorro.

– Eu queria lhe dizer...

– Não fale, não faça esforço.

– Mas é importante que eu...

– O senhor poderá me dizer hoje à tarde, no comissariado, o que deseja me dizer, está bem?

Cinco minutos depois, bateram à porta.

Gallo, que gostava de correr como se cada estrada rural fosse a pista de Indianápolis, e desta vez reforçado pela autorização do comissário, tinha voado.

Enquanto se deliciava sob a tão ansiada ducha, o comissário refletiu que aquela havia sido a manhã das confusões.

Ele havia tomado o homem mais perigoso, porque armado de canivete, pelo mais débil; os *carabinieri* o tinham tomado por um arruaceiro; Adelina havia tomado um homem de bem por um ladrão.

E, como não há três sem quatro, regra inventada para a circunstância, teve certeza absoluta de que, de manhã cedo, tinha esmagado a mosca inocente por engano, tomando-a pela culpada.

Antes de sair de casa, olhou-se no espelho, como costumava fazer. Tinha um olho contornado de azul, como o de um palhaço de circo, e uma orelha inchada.

Paciência, afinal não ia participar de um concurso de beleza.

– Gallo já voltou? – foi a primeira pergunta que fez a Catarella, ao entrar no comissariado.

– Sim, dotor, agorinha mesmo. Como está se sentindo?

– Em forma.

– Me esclarece uma curiosidade, dotor?

– Diga.

– Já que vossenhoria tá com um olho azul, de que cor é que vê as coisas? Tudo azul?

– Acertou. Diga a Gallo que venha à minha sala.

Gallo se apresentou imediatamente.

– Como foram as coisas no pronto-socorro?

– Bem, doutor. Encontraram apenas uma forte contusão, deram um remédio contra a dor e eu levei ele pra casa. Me mandou dizer ao senhor que às quatro vem ao comissariado.

Assim que Gallo saiu, Mimì Augello entrou.

Olhou para o comissário, sorriu, depois exibiu uma expressão séria, fez o sinal da cruz, uniu as mãos em prece, dobrou o joelho esquerdo, esboçando uma genuflexão, e ergueu os olhos para o céu.

– Que teatrinho é esse?
– Estou fazendo uma prece de agradecimento em favor de quem deixou você com um olho roxo.
– Não seja cretino e sente-se.
Nesse momento entrou Fazio, sem sequer bater. Estava de cara fechada e muito agitado.
– Doutor, desculpe se me permito a pergunta, mas foram os *carabinieri* que lhe fizeram isso?
Montalbano ficou arrasado.
Como era possível que tivessem sabido do episódio no vilarejo? Agora iria se desencadear um dilúvio de fofocas e risadas. E se a coisa chegasse aos ouvidos do chefe de polícia...
– Não posso acreditar! Você foi detido e espancado pelos *carabinieri*?! – perguntou Augello, levantando-se indignado.
– Calma aí, rapazes – disse o comissário. – Não tirem conclusões apressadas, porque não é o caso de declarar guerra aos *carabinieri*. Vou contar a vocês como foram as coisas.
E narrou tintim por tintim tudo o que havia acontecido. No final, perguntou a Fazio:
– Mas e você, como soube?
– Quem me disse, mas em absoluta reserva, foi o sargento Verruso, que eu conheço bem e é discreto.
Montalbano deu um grande suspiro de alívio. Aquela história não iria se espalhar.
– Temos novidades?
– Da minha parte, apenas o furto de um carro, cujo proprietário só agora, ao voltar de uma viagem, percebeu o sumiço do veículo – informou Augello.
– Já eu tenho uma história curiosa pra contar – disse Fazio.
– Então conte.
– Ontem, tarde da noite, quando todo mundo já tinha ido embora, apresentou-se um senhor, chamado Agostino

Smerca, pra dar queixa de um fato acontecido com a filha dele, Manuela.

– Qual fato? – perguntou Augello, impaciente.

– Essa Manuela, que é uma moça bem atraente, Smerca me mostrou uma foto, vive com o pai, viúvo, numa casinha isolada. Trabalha como caixa no Banco Sículo, e o horário vai até seis e meia. Como não gosta de dirigir, toma o ônibus circular e depois caminha dez minutos até o lugar onde mora. Na semana passada, ou, mais exatamente, cinco dias atrás, ela desceu do circular e estava seguindo pra casa, por uma rua que está quase sempre deserta, quando viu um carro parado, com o capô aberto, e um homem examinando o motor. Tinha acabado de passar por ele quando sentiu, apavorada, a pressão de um cano de revólver nas costas e uma voz masculina dizendo: "Não grite, senão eu te mato". Depois um tampão embebido em clorofórmio foi apertado sobre a boca e o nariz dela e a coitadinha perdeu os sentidos.

– Por que esse Smerca só decidiu dar queixa do fato ontem à noite? – perguntou Augello.

– Porque a filha não queria. Tinha medo de ir parar na boca do povo.

– Foi violentada?

– Não.

– Roubada?

– Não.

– Espancada?

– Não.

– Mas então, o que o sujeito fez a ela?

– Pois é, essa é a questão. O sujeito não fez nada, nadica de nada. Absolutamente nada. A moça acordou uma hora e meia depois, em campo aberto. A bolsa estava ao lado, ela abriu, estava tudo lá, não faltava nem um alfinete. Então ela se orientou, compreendeu onde se encontrava e chamou um táxi pelo celular. E isso é tudo.

– Talvez ele tenha se equivocado de pessoa – disse Augello.

Ao ouvir a palavra equívoco, Montalbano, que até aquele momento havia permanecido em silêncio, teve um sobressalto. Ah, não, de equívocos já bastava, por aquele dia. Quis falar, mas desistiu e continuou mudo.

– Ou podemos também levantar outras hipóteses – continuou Mimì. – Esse Smerca trabalha em quê?

– É comerciante. Tecidos por atacado.

– Pois é, poderia ser um caso de *pizzo** não pago. Quiseram dar a ele um aviso.

– Mimì, se fosse uma história de máfia, fique certo de que Smerca não teria vindo prestar queixa. Resolveria as coisas por conta própria – interveio finalmente Montalbano.

– Lá isso é verdade – assentiu Augello. – E se a moça tiver inventado a história toda?

– Com qual objetivo?

– Talvez para se justificar com o pai pelo atraso...

– Ora, imagine se nos dias de hoje uma moça de trinta anos...

– Então, o que você acha?

– No momento, não acho nada. Mas sinto cheiro de queimado, a história toda não bate. Gostaria de conversar com essa moça, mas sozinha, sem o pai nos calcanhares.

– Se o senhor quiser, eu telefono e peço a ela que venha ao comissariado esta tarde. Qual o melhor horário? – perguntou Fazio.

– Às quatro eu tenho um encontro aqui. Mas vai ser coisa rápida. Às cinco está bom pra mim.

---

* Taxa ilegal periodicamente coletada pela máfia em troca de "proteção". (N.E.)

Quando entrou na trattoria, logo percebeu que Enzo, o proprietário, não exibia sua habitual expressão sorridente. Estava de cara fechada. Como o considerava um amigo, Montalbano perguntou:

— Algum problema?

— Sim.

— Quer falar a respeito?

— Se vossenhoria, depois de comer, tiver a bondade de me ouvir por uns quinze minutos, eu lhe conto tudo.

— Vamos conversar agora.

— Não senhor.

— Por quê?

— Porque comer, assim como trepar, dispensa pensar.

Diante da sabedoria ancestral, o comissário se rendeu.

Entregou-se então a uma grande comilança, dedicando-a mentalmente, em revanche, ao cabo dos *carabinieri* que o tinha detido.

Quando ele terminou, Enzo o levou até um quartinho sem janela, ao lado da cozinha, e fechou a porta. Sentaram-se em duas cadeiras de palha meio furadas.

— Esta história aconteceu há seis dias, mas o meu irmão Giovanni só me contou ontem à tarde. Giovanni tem uma filha de trinta anos, Michela, uma moça correta, que é funcionária do Banco de Crédito.

Montalbano teve uma intuição repentina.

— Por acaso ela foi raptada e liberada pouco depois, sem que lhe tivessem feito nada?

Enzo o encarou, maravilhado.

— Sim. Mas como o senhor fez para...

— Aconteceu outro caso semelhante, no dia seguinte. Eu gostaria de conversar com essa sua sobrinha.

— Minha sobrinha está aqui. Eu a chamei depois que vossenhoria disse que podia me dedicar um tempinho.

— Mande-a vir aqui.

Enzo saiu e voltou com uma bela morena, de ar sério. Fez as apresentações.

– Se você concordar, eu gostaria de falar com ela a sós.

– Concordo – respondeu Enzo, saindo e fechando a porta.

Claramente, a jovem estava constrangida e intimidada. O comissário lhe exibiu um grande sorriso de encorajamento. Ela retribuiu com um sorriso forçado.

– Foi uma aventura difícil, não?

– Como não?! – reagiu a moça.

E, ao relembrar o acontecido, estremeceu.

– Consegue me contar como foi?

– Bem, eu e meu namorado moramos em um prediozinho novo na via Ravanusella, sabe qual é?

– Sim, fica na periferia, no caminho para Montelusa.

– Exato. Eu estava voltando pra casa de carro, sozinha. Tinha ido ao cinema com uma amiga, meu namorado não quis ir conosco. Passava um pouco da meia-noite. O último trecho da rua tem muito pouco movimento. À luz dos faróis, vi um carro parado, com o capô aberto. Um homem, que estava mexendo no motor, me fez sinal de parar. Eu parei, instintivamente. O homem se aproximou, me apontou uma pistola pela janela do carro e me mandou descer. Assim que saí, ele me intimou a me virar de costas e de repente me aplicou na cara, com força, um trapo com clorofórmio. Fui acordar duas horas depois, nos arredores de Montelusa. Telefonei para meu namorado e ele foi me buscar, estava me procurando havia um tempão, desesperado. Tinha encontrado meu carro aberto e vazio. Não sofri nenhuma violência, não tenho nenhum hematoma nem arranhão e nada foi roubado.

– A senhorita, pelo que depreendo a partir de seu relato, conseguiu ver de frente o tal sujeito.

– Sim, mas eu não poderia descrevê-lo.

– Por quê?

– Porque ele estava com uma boina que chegava até as sobrancelhas, usava óculos escuros e uma echarpe que cobria a boca e o queixo.

– Reflita bem antes de responder: ele lhe pareceu um jovem ou um homem maduro?

– Mas se eu acabei de dizer que...

– Desculpe, mas uma mulher sabe perceber isso de cara. Se a senhorita recapitular mentalmente aqueles instantes...

A moça franziu a testa, pensando.

– Era um homem maduro – disse finalmente, com segurança. – O passo dele, quando veio na minha direção, não era o de um jovem.

– Muito bem. Quando ele praticamente a abraçou, para aplicar o clorofórmio, a senhorita sentiu algum odor particular? Um perfume, uma loção pós-barba?

Aqui, a resposta da moça foi imediata.

– Senti uma lufada de suor ácido. Ele devia estar suando como um porco. E pensar que fazia frio, embora ainda estejamos em setembro.

– Bom, passemos adiante. A senhorita foi vítima de um incomum sequestro-relâmpago. E, naturalmente, deve ter feito a si mesma muitas perguntas. Chegou a alguma ideia sobre quem possa ter sido o autor e por quê?

– O que acha? Claro que me fiz perguntas! Mas não consegui imaginar nenhuma explicação.

– Vingança de algum ex-namorado, talvez?

– E que vingança seria? O sujeito não me fez nada. Se fosse vingança, ele iria me violentar ou me maltratar.

Fazia todo o sentido.

– Qual é sua função no Banco de Crédito?

– Eu fui contratada há três meses, só. Por enquanto, sou secretária do diretor.

– Onde trabalhava antes?

– Num cartório.

– Sem mais perguntas – disse Montalbano, levantando-se.

Trocaram um aperto de mãos. A moça saiu, e logo em seguida Enzo entrou.

– O que me diz, doutor?

– Não creio que se trate de algo pessoal contra sua sobrinha ou o pai dela. Há um desequilibrado que sai por aí sequestrando moças, felizmente sem fazer nada contra as vítimas. Nós vamos pegá-lo.

Mas ele não tinha muita certeza do que estava dizendo.

Tendo-se demorado na trattoria de Enzo, decidiu não fazer sua habitual caminhada até o quebra-mar e voltou direto para o comissariado.

– Ah, dotor, agorinha mesmo tilifonou o sr. Pitruzzo, o mesmo Pitruzzo que hoje cedo tinha procurado vossenhoria em pessoa pessoalmente, o qual Pitruzzo lhe agradece por ter mandado levar ele ao hospital e disse assim que não se sentindo bem da cabeça não pode vir hoje mas que passa aqui amanhã às dez, sempre ele, Pitruzzo.

Com o que, então, fora esse Pitruzzo que havia levado na cabeça a panelada de Adelina.

– Tudo bem, me mande o doutor Augello e Fazio.

Foi para sua sala e, quando os dois entraram, anunciou a novidade do breve rapto, sem consequências, de outra moça.

– Os dois episódios têm um só ponto em comum – concluiu.

– As duas trabalham em bancos – disseram, quase em coro, Augello e Fazio.

– Certo. Mas não creio que se trate de alguém a quem os bancos negaram um empréstimo.

— Por que exclui essa hipótese? – perguntou Augello.

— Ora, os bancos estão cagando pra uma simples caixa ou uma funcionariazinha. O sujeito que deseja se vingar vai lá, planta logo duas bombas e estamos conversados.

Baixou um silêncio.

— A que horas vem Manuela Smerca? – perguntou afinal Montalbano.

— Às cinco – respondeu Fazio.

— Então nos reencontramos aqui dentro de uma hora. Quero que vocês estejam presentes.

Manuela não pareceu nem um pouco impressionada por se encontrar numa sala de comissariado, diante de Montalbano e seus dois auxiliares.

Era bonita, sabia disso, e também tinha certeza de que podia sempre se defender com sua beleza.

De fato, sentou-se deixando à mostra as longas e perfeitas pernas, e os três homens presentes não puderam deixar de notá-las, fascinados.

Foi o comissário, desconsolado e com um suspiro silencioso, quem desfez o encantamento.

— Seu pai já nos contou por alto o seu breve sequestro. Eu, infelizmente, preciso fazê-la voltar àqueles terríveis momentos dirigindo-lhe algumas perguntas mais detalhadas. De acordo?

— Pode perguntar.

— A que horas ocorreu a agressão?

— O circular leva vinte minutos para chegar perto da minha casa. Digamos que ainda não eram sete.

— Portanto, com o dia ainda claro. O agressor se arriscou muito.

— Ele se arriscou, sim, mas não muito. É uma rua reta, de longe é possível perceber se estão vindo carros ou transeuntes. Que são raros, tanto carros quanto transeuntes.

– Conseguiu ver a placa?
– Nem olhei.
– Que tipo de carro era?
– Não sei dizer.
– A cor?
– Era uma cor escura.

Aliás, por que ela deveria dar particular atenção a um carro parado numa rua?

– Pelo que seu pai nos contou, a senhorita não conseguiu ver a cara do agressor, certo?

– Isto mesmo.

– Para aplicar sobre o seu rosto o pano com clorofórmio, o agressor deve tê-la puxado para si...

– Sim, ele me apertou com força, fazendo meu corpo aderir ao dele.

– Sentiu se ele tinha um cheiro particular? Explicando melhor...

– Não é preciso. Entendi muito bem. Ele tinha um odor bem desagradável, acho que estava transpirando bastante.

– Percebeu se ele estava excitado sexualmente, quando a segurou?

A pergunta fez surgir um amplo sorriso na face de Manuela.

– De modo algum. Pelo contrário.

– Como assim?

– Acho que ele estava com medo.

– De quê?

– Daquilo que estava fazendo.

– Então temia ser surpreendido?

– Também. Mas tive a sensação, não saberia lhe dizer por quê, de que ele estava amedrontado pelo seu próprio gesto.

Um sequestrador que temia sequestrar? Isso era novidade!

Três

— Está me dizendo que ele agia contra a vontade? – perguntou Montalbano, embasbacado.
— Posso estar enganada, mas essa foi a sensação que tive. Ele não agiu com brutalidade nem foi extremamente agressivo, adotou somente a violência necessária.

Inteligente, a moça.

— Em sua opinião, era um jovem ou um homem maduro?
— Um homem maduro, disso tenho certeza.
— Chegou a alguma explicação sobre o que aconteceu?
— Isso não me deixou dormir por noites inteiras, acredite. E não encontrei uma explicação plausível.
— É casada? Noiva?
— Não tenho nem mesmo um relacionamento fixo.
— Bonita como é, deve ter muitos pretendentes.
— Obrigada. Não posso me queixar.
— Um pretendente rejeitado?
— Me tendo inerte, à sua total disposição, ele teria abusado de mim, não acha?
— Mais alguma coisa que possa me dizer?

— Nada. Nenhum botão da minha roupa foi arrancado, minha bolsa não foi remexida.

— Como sabe?

— Eu ponho minhas coisas dentro da bolsa numa certa ordem, e, quando a abri para pegar o celular, mesmo estando um pouco tonta, vi que continuava tudo no mesmo lugar.

— Sabia que, na véspera do seu, houve outro sequestro--relâmpago absolutamente idêntico?

A moça ficou boquiaberta.

— É mesmo?!

E, após pensar um momento, fez a pergunta mais lógica que se podia fazer:

— A outra vítima se parece comigo?

— De jeito nenhum. É morena, cabelos ondulados, não muito alta... mas também trabalha num banco.

A jovem ficou pensativa. Depois disse:

— Se eu fosse o senhor, não daria tanta importância ao fato de trabalharmos em banco. Acho que se trata de uma coincidência.

— Por quê?

— Se quisessem atingir os bancos, creio que agiriam de maneira diferente. Da maneira como foram as coisas, não faz sentido.

Em seguida, fez outra pergunta inteligente:

— O senhor conseguiu estabelecer se, nas duas vezes, o agressor era o mesmo?

— Sim, o mesmo.

A moça abriu os braços.

— Não sei o que dizer.

Depois que Manuela saiu, Montalbano, Augello e Fazio ficaram mudos, olhando um para o outro.

Toda aquela história, como, aliás, a própria moça havia dito, não fazia sentido.

– Talvez seja um maníaco que gosta de abraçar mulheres desmaiadas – arriscou Augello.

Mas disse isso com o tom de quem não acredita naquilo que diz. Logo em seguida, porém, formulou outra hipótese:

– Ou então as fotografa em poses estranhas.

– De uma coisa eu tenho certeza – interveio Fazio –, e é que haverá outras agressões.

– Concordo – disse Montalbano. – Mas fiquei muitíssimo intrigado com uma coisa dita por essa moça, e na qual ela insistiu: que o agressor tem medo daquilo que faz.

– Explique melhor – pediu Augello.

– O fato de ele ter medo significa ao menos duas coisas. A primeira é que o agressor é novato nessa atividade, é um iniciante, e por isso devemos excluir um profissional com toda uma organização por trás. Muito provavelmente, ele age sozinho. A segunda é que se encontra numa situação pela qual é obrigado a fazer esses raptos-relâmpago.

– Você quer dizer que ele age por conta de terceiros? Que é obrigado por outras pessoas a fazer os raptos? – quis saber Augello.

– Pode ser. Mas também pode ser que ele tenha feito uma certa coisa e que precise, sabe-se lá por quê, sequestrar moças. Em suma, esses sequestros seriam apenas para despistar.

– Enfim, que rumo vamos tomar? – perguntou Fazio.

– Não faço a mínima ideia – respondeu o comissário.

Permaneceram em silêncio por um tempo, meditando sobre a impotência deles, sua incapacidade de extrair um sentido daqueles fatos sem nenhum sentido aparente.

Quem rompeu o silêncio que se tornava cada vez mais pesado com a passagem dos minutos foi Montalbano.

– Mas, apesar da névoa na qual nos encontramos, temos um ponto a nosso favor – disse ele.

Do fundo de seus pensamentos, Augello e Fazio voltaram à superfície e ficaram atentíssimos.

– Desses dois sequestros, os jornalistas não sabem nada, e no vilarejo ninguém está comentando.

– Por que você considera isso um ponto a favor? – perguntou Augello.

– Talvez o agressor esperasse uma grande repercussão, um grande estardalhaço, em consequência desses dois sequestros. O silêncio vai decepcioná-lo, levando-o a fazer alguma coisa que finalmente produza um forte alarde.

– Um terceiro sequestro que desta vez, à diferença dos anteriores, dure alguns dias, obrigando a família a solicitar publicamente nossa ajuda? – arriscou Fazio.

– Algo assim. E eu espero que, nessa ocasião, ele dê um passo em falso.

Devorou a *pasta 'ncasciata* de Adelina sentado na varanda.

Volta e meia, enquanto comia, os dois sequestros lhe vinham à mente, mas logo ele dava um jeito de expulsar aquele pensamento.

Não tinha nenhuma pista e era inútil especular sobre o nada, isso podia até tirá-lo do rumo certo.

Terminada a refeição, ligou para Livia em Boccadasse.

A certa altura, ela quis saber de que ele estava se ocupando e o comissário lhe contou a história das duas moças.

Livia ficou um tantinho em silêncio e depois falou:

– Aconteceu algo semelhante em Gênova, muitíssimos anos atrás. Eu ainda frequentava o liceu.

– Me conte.

– Não recordo muito. Era um impotente que só conseguia gozar quando, depois de provocar de algum modo a perda dos sentidos numa mulher, podia cheirar a calcinha dela.

— Ele as tirava?
— Não, deixava no lugar.
— Não creio que seja o nosso caso.
— Por quê?
— Não sei, por nada.
— Salvo, não se ofenda, mas seu instinto não é o mesmo que você tinha aos trinta anos.

A alusão à sua velhice o perturbou, mas ele compreendeu que, no fundo no fundo, Livia tinha razão.

Por que não seguir também essa pista? Descartar *a priori* a ideia de um tarado podia ser um erro.

Tinha dormido bem e chegou ao comissariado todo nos trinques, fresquinho e repousado. O olho estava desbotando para azul-celeste e a orelha havia desinchado um pouco.

— Chame Fazio e diga a ele que... — foi ordenando a Catarella, ao entrar.

— Não tá *in loco*, dotor.

— Onde ele está?

— Esta noite aconteceu um incêntio doloroso numa loja e ele foi *in loco* onde se encontra-se.

— Então me mande o doutor Augello.

— Também não tá *in loco*, dotor.

— Aonde foi?

— Tilifonou dizendo assim que ele, o dotor Augello, precisou levar ao hospital o seu filho dele por motivo que machucou uma perna.

Montalbano se horrorizou.

Isso significava que deveria passar algumas horas assinando papéis, aqueles odiados papéis que formavam uma pilha de equilíbrio instável sobre sua escrivaninha.

Se dependesse dele, todos os processos ficariam "pendentes" pela eternidade.

Foi para sua sala, sentou-se, praguejou por cinco minutos ininterruptos, depois pegou o primeiro documento e, sem sequer lê-lo, assinou-o e pegou outro.

Depois de um tempinho em que seguia assim, o telefone tocou.

– Dotor, aconteceria que se encontra-se aqui em pessoa o sr. Pitruzzo em pessoa pessoalmente.

Olhou o relógio: dez para as nove. Mas o sujeito não deveria vir às dez?

– Acompanhe-o à minha sala.

Receberia até o diabo em pessoa pessoalmente, só para não continuar assinando aquela papelada.

Pitruzzo entrou, trocaram um aperto de mãos, um sorriso, o comissário o convidou a se sentar:

– Como está sua cabeça?

– Muito melhor, obrigado. Desculpe não ter vindo ontem, como havíamos marcado, mas não tive ânimo de sair, preferi ficar em casa, e fiz bem.

– Pode falar, sr. Pitruzzo.

O outro sorriu.

– Virduzzo, eu me chamo Alfredo Virduzzo.

Montalbano praguejou mentalmente. Por que, mais uma vez, havia confiado em Catarella, que não era capaz de reproduzir direito um sobrenome que fosse? Como podia cair sempre nessa?

– Desculpe, estou ouvindo.

– O senhor deve saber que eu...

Tocou o telefone da linha direta.

– Desculpe – disse novamente Montalbano, levantando o fone.

Era Fazio.

– Queira desculpar, doutor, mas talvez seja melhor vossenhoria vir aqui.

– Houve complicações? – perguntou o comissário, por alto, dada a presença de um estranho.

– Sim.

– É coisa demorada?

– É.

– Me passe o endereço, estou indo.

Jamais tinha ouvido falar da rua que Fazio lhe informou. Via dei Fiori, número 38.

Levantou-se, Virduzzo fez o mesmo.

– Queira desculpar, mas...

Quantas desculpas cerimoniosas tinham sido trocadas naquela manhã! Nem que estivessem na China!

– Compreendo – disse Virduzzo, resignado.

Montalbano lhe deu um prêmio de consolação.

– Se o senhor quiser passar aqui no final da tarde...

– Às dezoito horas está bom para o senhor? – perguntou Virduzzo, esperançoso.

– Está ótimo.

Por não confiar em Catarella, ligou para Fazio e pediu que lhe explicasse direitinho onde ficava a tal rua. Não era longe, com uma caminhada de uns vinte minutos estaria lá.

Naturalmente, na via dei Fiori não havia uma só flor, nem pagando a peso de ouro.

A rua fazia parte de um bairro de construções velhas e arruinadas que a prefeitura havia restaurado procurando transformá-lo em, digamos assim, uma zona artística.

Havia um ateliê de pintor, três estúdios de fotógrafos, duas galerias que expunham quadros e esculturas que ninguém comprava, algumas edificações com as fachadas reformadas e um Caffè degli Artisti.

O número 38 correspondia a uma casa de dois andares. O portão estava aberto e diante dele havia um guarda municipal que logo reconheceu o comissário, cumprimentou-o e lhe deu passagem.

Montalbano retribuiu a saudação e entrou.

Em frente ao portão, mas um pouco à esquerda, viam-se os restos de uma porta roída pelo fogo, enquanto do lado direito partia uma escada, com um corrimão elegante, que levava ao andar superior e que não parecia muito danificada.

Montalbano transpôs a porta queimada e se viu dentro de uma grande loja de televisores, celulares e coisas eletrônicas.

Tinha entrado pelos fundos do estabelecimento, porque o acesso para clientes, com a correspondente vitrine, ficava do lado oposto, que dava para a rua principal do bairro.

As portas de enrolar, tanto a da entrada principal quanto a da vitrine, estavam abaixadas até a metade e deixavam passar um pouco de luz para o interior, sem o que reinaria uma completa escuridão, agravada talvez pela fuligem que cobria todas as coisas.

– Fazio! – chamou.

Ninguém respondeu.

O comissário decidiu que ali dentro não tinha nada a fazer. Até porque pairava um odor denso e acre que provocava tosse e fazia lacrimejarem os olhos. Então virou as costas e saiu da loja.

Nesse exato momento viu Fazio, que transpunha afobado a soleira do portão.

– O guarda foi me avisar que vossenhoria havia chegado.

– Onde você estava?

– Num bar aqui ao lado. A fuligem tinha ressecado tanto minha garganta que eu não conseguia respirar.

– Por que me chamou?

– Doutor, eu jamais o incomodaria se a coisa não fosse complicada. Vamos para o andar superior, onde podemos conversar melhor.

Fazio foi na frente. A porta estava aberta, os dois entraram.

O apartamento devia ser decorado com bom gosto, a julgar pelo vestíbulo.

– É aqui que mora o proprietário da loja, Marcello Di Carlo.

– Onde ele está?

Fazio pareceu não ter escutado a pergunta.

– Quer que eu lhe mostre o apartamento?

Se Fazio procedia assim, algum motivo devia ter. Montalbano fez um gesto positivo com a cabeça.

Do vestíbulo partia um corredor com portas à direita e à esquerda.

Salas de jantar e de estar, cozinha ultramoderna, banheiro com hidromassagem à direita, quarto de casal, banheiro, outro quarto de casal e escritório à esquerda.

Tudo parecia limpo e em perfeita ordem, mas a impressão era a de que o apartamento estava desabitado havia dias.

Voltaram ao vestíbulo e sentaram-se. O comissário, durante aquela curta visita, já havia formado uma opinião precisa.

– Entendi – disse. – Esse Di Carlo não foi encontrado.

– Exatamente.

– Quantos anos ele tem?

– Uns quarenta.

– Casado?

– Não.

– Tem parentes?

– Sim, uma irmã, Daniela, que é casada e mora em Montelusa. Foi o que me informaram no bar onde Di Carlo é cliente habitual.

– Precisamos saber qual o sobrenome de casada e telefonar a essa irmã.

– Já providenciado – declarou Fazio.

Quando Fazio dizia isso, subia em Montalbano uma violenta onda de nervosismo.

Desta vez, ele conseguiu se controlar.

– O sobrenome do marido é Ingrassia e eu liguei para ela.

– E o que ela disse?

– Me pareceu mais preocupada com o incêndio do que com o irmão.

– Como assim?

– Disse que Marcello é um eterno garotão que gosta de curtir a vida. Ele tinha passado todo o mês de agosto de férias em Lanzarote, de onde telefonou à irmã dizendo que estava em lua de mel. Vê-se que havia conhecido alguma moça. Depois ligou no dia 31 dizendo que estava de volta a Vigàta. Desde então, Daniela não teve mais notícias. Segundo ela, é possível que Marcello tenha trazido a namorada de Lanzarote para cá e que agora esteja fazendo a moça admirar, uma a uma, as belezas de nossa ilha.

– Pode ser, mas, enquanto ele está se divertindo com a mulher da vez, quem cuida da loja?

– Ele tem um funcionário, um balconista chamado Filippo Caruana, que inclusive tem as chaves. Está aqui no bar, caso vossenhoria queira falar com ele.

– E, quanto ao incêndio, o que Daniela disse?

– Não teve a mínima hesitação. Coisa de máfia. Em julho, o irmão tinha confidenciado a ela que haviam aumentado o *pizzo* e que ele não pretendia pagar.

Montalbano ficou pensativo.

– Vá chamar o funcionário – disse, afinal.

Fazio saiu e voltou cinco minutos depois com um rapaz de seus vinte anos e expressão inteligente.

– Eu gostaria de saber se o senhor notou anomalias no comportamento de Di Carlo quando ele voltou das férias.

O jovem respondeu de imediato:

— Estava mais alegre do que habitualmente.
— Conseguiu perceber o motivo?
— Ele mesmo me disse o motivo, no primeiro dia em que reabrimos a loja.
— E era o quê?
— Ele estava apaixonado.
— Durante as férias nas Canárias?
— Não, ao que parece eles se conheceram aqui em Vigàta, no início de junho, e logo simpatizaram. Quis o acaso que ela tivesse reservado julho e agosto em Tenerife, e ele somente agosto em Lanzarote. Então, no começo de agosto ele foi buscá-la em Tenerife e a levou para Lanzarote.
— Entendi. Voltaram para cá juntos?
— Eu não saberia dizer com certeza, mas acho que sim. Di Carlo me avisou que retornaria em 31 de agosto.
— O que o faz supor que os dois vieram juntos?
— Ele mudou de hábitos.
— Como assim?
— À noite, a loja fecha às oito. Mas ele, desde que voltou, vai embora às seis e meia. Por isso, quem fecha sou eu.
— E é sempre o senhor que abre pela manhã?
— Não, é ele. Só que nos últimos três dias encontrei as portas abaixadas e eu mesmo tive que abrir.
— E ele, a que horas apareceu?
— Não apareceu. Faz três dias que não o vejo. Nem sequer telefonou.
— Por acaso ele lhe disse alguma coisa sobre a moça com quem passou as férias?
— O que ele deveria me dizer?
— O nome, onde morava...
— Não me disse uma só palavra além daquelas que já lhe referi.
— Mostrou alguma fotografia dela?

– Não.
– Tinha acontecido outras vezes de ele se ausentar por alguns dias?
– Sim. Mas nessas outras vezes ele se comportava de maneira diferente.
– Ou seja?
– Ou seja, me dizia para onde ia e por quanto tempo ficaria fora.
– Di Carlo tem celular?
– Tem.
– Você tentou chamá-lo?
– Claro. Está sempre desligado. Também enviei mensagens, mas não recebi nenhuma resposta.
– Como iam os negócios na loja?
– Razoavelmente bem, considerando a crise.
– Sabe quem arruma o apartamento dele?
– Vem uma mulher, em dias alternados. Mas não tenho nenhuma informação além...
– No bar me deram o nome e o telefone dessa senhora. Eles a conhecem porque durante um certo tempo ela fez faxina lá – interrompeu Fazio.
– Qual é o carro dele?
O rapaz abriu a boca mas não teve tempo de dizer uma só palavra, porque Fazio falou primeiro.
– Um Porsche Cayenne.
– E onde guarda esse tesouro?
– Numa garagem a duas quadras daqui.

Quatro

Era importantíssimo saber se o carro estava na garagem ou não, para ter um mínimo de indicações sobre os movimentos de Di Carlo.

– Seria bom ir ver se...

– Já providenciado.

– Uuuhhhhhhhh!!! – explodiu Montalbano, que desta vez não conseguiu se controlar.

Tinha emitido uma espécie de fortíssimo uivo de lobo que apavorou os dois que estavam com ele.

– Está se sentindo mal, doutor? – perguntou Fazio, preocupado.

– Nada, nada. É uma dor reumática que de vez em quando me aparece. Mas você estava dizendo...?

– Eu estava dizendo que o carro não se encontra lá. Di Carlo o pegou algumas tardes atrás, eles não sabem precisamente quando, e desde então não viram mais o Porsche. Tenho aqui o número da placa.

O comissário não tinha outras perguntas a fazer ao rapaz e o liberou, pedindo:

– Ah, por favor, se tiver notícias diretas ou indiretas de Di Carlo, comunique-nos imediatamente.

O jovem se despediu e foi embora.

– O que o senhor acha? – perguntou Fazio.

– Pode ser que ele esteja espairecendo com a garota, e pode ser que não. Se ele não estiver espairecendo com a garota, ela, de um modo ou de outro, vai nos procurar para obter notícias do namorado desaparecido. O que os bombeiros disseram do incêndio?

– Que é claramente doloso.

– Como os incendiários fizeram?

– Entraram pelo portão usando uma chave falsa, e com outra chave falsa abriram a porta dos fundos da loja. Então, uma vez lá dentro, esvaziaram dois galões de gasolina, atearam fogo e saíram.

– Pelo que creio ter entendido, agiram procurando fazer o mínimo barulho possível.

– É o que parece.

– Talvez achassem que Di Carlo estava dormindo na casa dele.

– Pode ser.

– Me diga uma coisa: a porta deste apartamento, quem abriu?

– Já encontrei aberta.

– Foram os bombeiros, então?

– Não sei.

– Quem estava chefiando os bombeiros?

– O engenheiro Guggino.

– Ligue para ele e pergunte sobre essa coisa da porta.

Enquanto Fazio telefonava, Montalbano se levantou e começou a passear para lá e para cá, fumando um cigarro. Quando viu que Fazio havia terminado, sentou-se de novo.

— Guggino me informou que, quando eles chegaram, a porta estava aberta, e dentro não havia ninguém.
— Então o quadro muda — disse o comissário.
— Como assim?
— Seguramente, quem deixou a porta aberta não pode ter sido o dono da casa, Di Carlo.
— Pode ter sido a faxineira.
— Telefone para ela e pergunte sobre seus horários.
A conversa foi rápida.
— A faxineira disse que vinha somente na parte da manhã, e que de uma semana para cá não está trabalhando por causa de uma forte gripe.
— Então a faxineira não está envolvida. Por conseguinte, as hipóteses são duas: ou não há relação entre o incêndio e o desaparecimento de Di Carlo ou essa relação existe e é estreitíssima.
— O senhor está dizendo que, no segundo caso, os que incendiaram a loja também sequestraram Di Carlo?
— Exatamente.
Fazio fez uma cara de dúvida.
— Desculpe, mas esse não é de jeito nenhum o procedimento habitual da máfia.
— Tem toda a razão. Não é o procedimento habitual deles. E isso me preocupa bastante.
— O que devemos fazer?
— Quero ver o escritório.
Dentro do cômodo, não muito grande, havia uma escrivaninha branca semicircular, moderníssima, a meio caminho entre um torpedo e um carro de Fórmula 1; atrás, uma poltrona giratória aerodinâmica, orientável, reclinável e regulável, tão cheia de botões e alavancas que antes de se sentar nela você precisava tirar carteira de habilitação; em frente, duas cadeiras

normais. A parede diante da escrivaninha era totalmente coberta por uma enorme estante com poucos livros, mas em compensação lotada de coisas como conchas, bichinhos de cerâmica, de vidro, de plástico, casinhas em miniatura, alguns instrumentos musicais exóticos.

Talvez fossem suvenires de viagem.

Além disso, viam-se quatro máquinas fotográficas. Na parede à direita ficava um arquivo. O comissário o abriu. Não se podia dizer que Di Carlo era um homem desorganizado. Correspondência com fornecedores, faturas, recibos, cada coisa em sua própria pasta.

Montalbano se sentou cautelosamente na poltrona e abriu a gaveta da esquerda da escrivaninha. Também lá havia documentos comerciais. Abriu a gaveta da direita. Estava lotada de álbuns de fotografias. Evidentemente Di Carlo aspirava a se tornar um grande fotógrafo de paisagens, porque esse era o tema dominante.

– Estão faltando duas coisas – observou o comissário.

– Uma é o computador – disse Fazio. – Mas e a outra, qual é?

– As fotos das garotas com quem ele esteve. Um homem tão fixado em fotografias, imagine quantas não deve ter dessas moças.

– É verdade.

– Di Carlo pode ter saído levando consigo o computador, ou então, se foi sequestrado, estava com ele; mas e as fotos, onde foram parar?

Levantou-se.

– Sabe de uma coisa? Vamos voltar para o comissariado. Aqui não há mais nada para ver.

– Se vossenhoria permitir, eu vou um momentinho ao banheiro – disse Fazio.

Saiu, e um minuto depois o comissário ouviu que o agente o chamava.

Fazio tinha corrido a porta do box.

Sobre o piso havia dois grandes envelopes amarelos, um vazio e outro quase explodindo de tão cheio, uma caixa de fósforos e muita cinza preta ao redor do ralo.

O comissário se abaixou, pegou o envelope cheio e o abriu. Fotos de lindas garotas, vestidas, de maiô, nuas.

– Nosso prezado Di Carlo estava se livrando das lembranças dos amores passados.

De cada moça havia pelo menos umas dez fotos que Di Carlo, sempre meticuloso, não somente havia juntado num maço e prendido com um elástico, mas também identificado, atrás da última foto de cada maço, com o nome da garota e a duração do relacionamento.

Ao todo, os maços eram dezesseis: o primeiro correspondia a Adele (13 de janeiro – 22 de abril de 2010) e o último a Giovanna (3 de março – 30 de março de 2012). Não havia fotos da moça com a qual ele tinha estado em Lanzarote e com quem se relacionava atualmente.

– Os casos amorosos desse Di Carlo não duravam muito – observou Fazio.

– Sim, é verdade, mas com a garota atual a coisa é diferente – disse Montalbano.

– Como o senhor sabe?

– Pelo fato de ele estar queimando as fotos das outras mulheres. Antes, evidentemente, não as queimava. E isso, em última análise, significa uma outra coisa.

– Que seria?

– Seria que Di Carlo ainda não trouxe essa moça aqui, porque a eliminação dos casos antigos não foi levada a termo, e consequentemente ele, por enquanto, vai dormir na casa

dela. Disso deriva logicamente que essa jovem mora em um apartamento, não creio que os dois vão para um hotel.
— O que fazemos com estas fotos?
— Deixe onde estavam.
Saíram do banheiro e estavam caminhando pelo corredor quando ouviram uma voz feminina que vinha da escada:
— Sr. Fazio!
— Quem é? — perguntou Montalbano.
— E eu lá sei? Vou ver.
O comissário esperou no corredor. Fazio voltou.
— É dona Daniela Ingrassia, a irmã de Di Carlo. Veio especialmente de Montelusa. Quer falar com vossenhoria. Vai recebê-la aqui ou mando que ela vá ao comissariado?
— Falo com ela aqui mesmo.
Feitas as apresentações, sentaram-se no vestíbulo.
Dona Daniela era uma mulher morena, atraente e elegante, a meio caminho entre os trinta e os quarenta.
Não fazia nenhum esforço para disfarçar o nervosismo, martirizando um lencinho que segurava. Como, de início, ninguém abriu a boca, foi ela quem falou primeiro.
— Desculpem a invasão, passei pelo comissariado e me disseram que os senhores estavam aqui, então...
— Fez bem — disse o comissário.
— Enquanto isso, por acaso tiveram notícias do Marcello? — perguntou ela, ansiosa.
— Ainda não.
A expressão de Daniela ficou ainda mais tensa.
— Queria lhes explicar... Não sei por onde começar... Quando o sr. Fazio me telefonou, eu não compreendi logo a gravidade da situação, mas depois, pensando melhor...
— O que a fez mudar de ideia?
— Vejam, no início de junho Marcello foi jantar conosco. Não estava em seu habitual humor alegre e eu perguntei

a razão. Ele não quis dizer, mas no final do jantar se decidiu. Estava preocupado porque a loja tinha sofrido uma forte queda nas vendas e, como se não bastasse, haviam exigido que ele dobrasse o *pizzo*. Marcello nos disse que não pagaria. Foi jantar de novo lá em casa antes de sair de férias. Nessa ocasião, além de nos contar que havia conhecido uma moça maravilhosa, nos comunicou que não havia pago o *pizzo* e que, em consequência, tinha recebido, várias vezes, sérias ameaças telefônicas.

— Ameaçaram fazer o quê?

— Incendiar o carro dele, a loja...

— E também ameaçaram sequestrá-lo?

— Isso ele não me disse.

— Na volta das férias, a senhora e seu irmão só se falaram por telefone?

— Sim, não nos encontramos.

— Nesse telefonema, que impressão ele lhe deu?

— Estava... eufórico, essa é a palavra. Disse que havia passado um mês fantástico. E acrescentou que, com essa moça, a história era séria, muito séria. Deu a entender que talvez se casassem. Eu, sinceramente, fiquei contente por ele ter tomado juízo. Pedi para conhecê-la. Ele respondeu que não havia problema, que numa destas noites iria jantar lá em casa com ela.

— Disse o nome da moça?

— Não.

— Disse onde ela morava?

— Sim, aqui em Vigàta, mas eu não perguntei detalhes.

— Disse se ela trabalhava em alguma coisa?

— Não.

— Voltou a falar do *pizzo* e dos problemas da loja?

— De jeito nenhum... era como se ainda estivesse em Lanzarote com a garota. Como se continuasse de férias. Não tinha tido tempo de voltar à realidade.

— Sabe quem são os amigos de seu irmão?

– São muitos, mas o primeiro que me vem à mente é Giorgio Bonfiglio. É o amigo mais próximo dele.

– Sabe onde mora?

– Não, mas consta da lista telefônica; antes de vir para cá eu falei com ele.

– Com Bonfiglio?

– Sim. Informei-o de tudo. Ele também está sem notícias de Marcello há dias. E isso me perturba muito, me deixa até angustiada. Temo que tenham feito algum mal a meu irmão. Comissário, por favor, eu lhe suplico que faça o possível para...

– Senhora, há um probleminha. Seu irmão é maior de idade, pode ser que tenha decidido desaparecer por vontade própria...

– Não creio.

– Eu também não, mas isso me impede de tomar qualquer iniciativa, só posso agir após algum familiar prestar queixa.

– Compreendo – disse Daniela.

Mas via-se claramente que ela não sabia se convinha ou não prestar queixa. O comissário lhe deu uma ajuda.

– Consulte seu marido. Se decidir que sim, ligue para o comissariado e fale com Fazio.

Dona Daniela se levantou, agradeceu, despediu-se e saiu.

– Começo a ter uma dúvida – disse Fazio.

– Qual?

– E se foi o próprio Marcello quem tocou fogo na loja, fazendo a culpa recair sobre os mafiosos? Pela irmã, soubemos que os negócios iam mal, e que a máfia havia dobrado o *pizzo*. Com o incêndio, ele recebe o dinheiro do seguro, e estamos conversados. Além disso, para complicar as coisas, faz o teatro da porta de casa deixada aberta e do desaparecimento misterioso.

– Pode ser uma boa hipótese – admitiu o comissário.

– Mas, enquanto isso, vamos procurar saber o máximo que

pudermos sobre Marcello. Agora vamos para o comissariado, você telefona logo a Bonfiglio e o convoca para ir falar comigo às quatro.

— Novidades, Catarè?
— Nadinha, dotor.
— O doutor Augello já voltou?
— Indagorinha, dotor.
— Peça a ele que vá à minha sala.
Tinha acabado de se sentar quando Mimì entrou.
— O que houve com a perna do seu filho?
— Nada, uma bobagem.
— Então, por que você levou esse tempo todo?
— Mas eu voltei há pelo menos duas horas! Só que precisei sair logo em seguida.
— O que aconteceu?
— Esta noite atearam fogo num carro. Já que eu tinha recebido a queixa sobre o furto de um automóvel, resolvi ir ver. Acho que falei desse furto.
— Sim, me lembro vagamente.
— Quem deu queixa do furto foi o proprietário, o engenheiro Cosimato. Era um Mitsubishi especial, porque dotado de um grande porta-malas.
Montalbano se remexeu na poltrona e resmungou.
— Escute aqui, Mimì, não me encha o saco, estou cagando pra essas histórias de veículos roubados.
— Pois muito se engana, nesse caso específico.
— Ah, é?
— Sim — disse Mimì, com um olhar de desafio.
— Tudo bem, continue.
— O carro era justamente o do engenheiro Cosimato. Eu tinha imaginado certo. Mas quem tocou fogo nele fez um

serviço incompleto, a parte de trás ficou quase intacta. Abri o porta-malas e logo vi uma coisa estranha.

— Ou seja?

— Um arco de metal recoberto de tecido, daqueles que as mulheres usam para prender os cabelos. Então me veio a ideia: e se o raptor das moças tiver se servido daquele carro roubado?

— O que você fez?

— O que devia fazer. Chamei a perícia, esperei que chegassem e vim para cá.

— O que combinou com eles?

— Que vão me telefonar à tarde.

— Mimì, você não pode imaginar quanto esforço me custam as palavras que vou lhe dizer: você foi realmente competente, e...

— Pare agora mesmo, senão, com o tremendo esforço que está fazendo, vai acabar com uma hérnia.

Enzo, assim que o comissário se sentou, veio tirar o pedido.

Era cedo. Além do comissário, não havia nenhum outro cliente, então podiam conversar livremente.

— Posso trazer os antepastos de sempre?

— Sim, mas, enquanto eu como, você vai me fazer um favor.

— Disponha.

— Telefone à sua sobrinha e pergunte se ela perdeu alguma coisa durante o rapto.

— Como assim?

— O raptor a colocou no porta-malas, não? Embora ele tenha feito isso tentando não machucá-la, é sempre uma ação violenta. Por isso, sua sobrinha pode ter perdido alguma coisa, um brinco, uma pulseira, algo assim.

Enzo reapareceu no final dos antepastos.

– Minha sobrinha perdeu um anelzinho sem valor, mas do qual gostava muito. Estava largo no dedo dela. Só que não sabe exatamente onde o perdeu. Alguma novidade?

– Nenhuma, ainda.

Tendo saído da trattoria, fez a caminhada habitual rumo ao quebra-mar, até chegar ao recife plano que ficava justamente abaixo do farol.

Sentou-se, acendeu um cigarro e começou a pensar.

Mesmo que Mimì Augello tivesse razão, isso não significava necessariamente que os sequestros-relâmpago houvessem acabado.

O raptor podia ter roubado outro carro, por temer que o usado até então pudesse ser identificado.

Mas também podia ser que o raptor não tivesse mais intenção ou necessidade de fazer outros sequestros.

Em ambos os casos, porém, permanecia sem resposta a pergunta principal: qual havia sido, ou qual era, o objetivo dos sequestros?

Parecia uma coisa desprovida de sentido.

Só que, forçosamente, um sentido devia existir.

– Você saberia descobri-lo pra mim? – perguntou o comissário a um caranguejo que estava olhando para ele, da parte mais baixa do recife.

O caranguejo não respondeu.

– Agradeço mesmo assim – disse Montalbano.

Depois suspirou, levantou-se e começou a caminhar devagar, arrastando os pés, em direção ao seu carro.

Poucos minutos antes das quatro, Fazio bateu e entrou na sala do comissário.

— Quer que eu esteja presente quando Bonfiglio chegar?
— Sim, sente-se. Enquanto isso, vou lhe contar a descoberta de Augello.

Então relatou o episódio do carro incendiado e do arco de cabelo. Antes que Fazio pudesse fazer um comentário, o telefone tocou.

— Ah, dotor, aconteceria que está aqui o sr. Bonogiglio em pessoa pessoalmente que diz que foi convocado por vossenhoria.

— Sim, mande entrar.

Assim que Giorgio Bonfiglio apareceu, Montalbano e Fazio trocaram um olhar interrogativo.

Já que ele havia sido descrito por Daniela como o amigo mais próximo de Marcello, os dois esperavam alguém da mesma faixa etária, em torno dos quarenta. Em vez disso, o homem que estava diante deles era um sessentão, muito bem-cuidado no físico e nos trajes.

Montalbano lhe indicou uma cadeira. Bonfiglio se sentou na beirada, claramente não estava à vontade.

O comissário foi logo atacando com uma pergunta que surpreendeu tanto Fazio quanto Bonfiglio:

— O senhor é casado?

— Por que deseja saber? — reagiu o outro, espantado.

— Queira responder, por favor.

— Não, nunca pensei em casamento. Sou aquilo que se costuma chamar de solteirão inveterado.

— Como nasceu sua amizade com Di Carlo?

— Nós nos conhecemos uns dez anos atrás, durante um jantar na casa de conhecidos em comum. Simpatizamos de imediato e, apesar da diferença de idade, ficamos amigos.

— Di Carlo lhe faz confidências?

Bonfiglio sorriu e fez um gesto de soberba.

Cinco

O comissário se irritou.

— Por gentileza, exprima-se com palavras.

— Claro que faz. Justamente por ser bem mais velho, eu me tornei seu confidente e conselheiro.

— Acha que ele lhe conta tudo?

— Bom... Digamos quase tudo.

— Por acaso lhe contou que a máfia dobrou o *pizzo*?

— Certamente.

— Posso saber que conselho o senhor deu a ele?

Bonfiglio não hesitou.

— Pagar, e sem discutir. Mas Marcello, ao que parece, continuou firme em sua recusa.

— Por que o senhor o aconselhou a pagar?

— Me perdoe se falo sem rodeios, não quero ofender ninguém. Em primeiro lugar porque os senhores, e refiro-me tanto à polícia civil quanto aos *carabinieri*, são impotentes diante do fenômeno do *pizzo*.

Calou-se, esperando de Montalbano uma reação que não houve. Em vez disso, o comissário perguntou:

— E em segundo lugar?

— Em segundo lugar, eu o fiz ver que não estavam cobrando o dobro, mas sim um ligeiro aumento. Marcello retrucou que, considerando a queda nas vendas, aquele aumento, percentualmente, equivalia ao dobro. Sob esse ponto de vista, não estava errado.

— Por conseguinte, creio ter entendido que, em sua opinião, tanto o incêndio da loja quanto o desaparecimento do seu amigo são obra da máfia, por causa da recusa dele em pagar o *pizzo*.

Bonfiglio abriu os braços.

— Me parece uma conclusão totalmente lógica. Marcello me disse que o aumento do *pizzo* havia sido exigido dos comerciantes da zona e que muitos deles expressaram a intenção de não pagar. Estou convencido de que, após o incêndio e o desaparecimento de Marcello, todos vão se precaver, submetendo-se à exigência.

— Acha que, mais cedo ou mais tarde, Di Carlo vai ser libertado?

A cara de Bonfiglio se ensombreceu.

— Sinceramente, não sei responder.

— Tente.

— Meu coração me diz que sim, meu cérebro diz que não.

— Vejamos outra questão. Lembra qual foi a última vez em que o senhor e Di Carlo se viram?

— Isso eu posso responder com exatidão. Nós nos vimos dois dias antes de ele partir de férias, portanto em 29 de julho, e ele inclusive me disse que estaria de volta em 31 de agosto, à tarde.

— Quando voltou, não se encontraram mais?

— Não.
— Por quê?
— Eu não estava em Vigàta, voltei anteontem de Palermo.
— Negócios?
— Fui fazer companhia à minha irmã, que está muito doente. Meu cunhado estava em missão militar no exterior e ela havia ficado sozinha.
— Mas conversaram por telefone?
— Sim, nos falamos três vezes.
— Ele lhe disse que estava apaixonado?
Bonfiglio sorriu:
— Isso ele me contou me ligando de Lanzarote. E, em nosso último telefonema, repetiu a mesma coisa. Mas acrescentando que desta vez se tratava de algo sério.
O sorriso de Bonfiglio se tornou mais amplo.
— Acha isso divertido?
— Francamente, sim.
— Por quê?
— É a quarta vez, em dez anos, que o ouço dizer que se trata de uma relação séria. E o engraçado é que ele realmente acredita nisso. Começa a imaginar sua vida futura com a moça, o casamento, os filhos... É como uma enfermidade que o faz passar alguns meses em estado febril, e depois, de um dia para outro, desaparece.
— Ele disse o nome da moça?
— Não. Nas outras vezes, não só me disse o nome como também o sobrenome, a idade, o endereço, as qualidades, as virtudes, os gostos, tudo. Mas, desta vez, nada.
— Isso não lhe pareceu estranho?
— Naturalmente. Tanto que várias vezes perguntei a ele a razão de suas reticências.
— E ele?

— Respondeu que me diria quando eu voltasse de Palermo, e que seria uma grande surpresa para mim.
— Como o senhor interpretou essa frase?
— Há somente uma interpretação possível, ou seja, que se trata de alguém que conheço.
— Formulou alguma hipótese?
— Não.
— Por quê?
— Eu frequentei muitas mulheres nestes dez anos, é difícil me lembrar de todas. Como lhe disse, sou um solteirão inveterado.
— Queira desculpar, o senhor trabalha em quê?
— Sou representante exclusivo de algumas joalherias famosas em todo o mundo.
— Ganha bem?
— Não posso me queixar.
— A propósito, tive a impressão de que Di Carlo leva uma vida acima de suas possibilidades. Estou errado?
— Não, não está errado.
— Que o senhor saiba, ele está endividado?
Bonfiglio hesitou um momento, antes de responder.
— Bastante.
— Com bancos?
— Sim.
— Só com bancos?
— Não só.
— Quer dizer que ele procurou algum agiota?
— Infelizmente, sim.
— E ao senhor, pediu empréstimos?
— Sim.
— O senhor emprestou?
— Sim.

— Quantias relevantes?
Bonfiglio pareceu constrangido, mas afinal se decidiu.
— Prefiro não responder.
— E ele pagou?
— Em parte.
Claramente, havia dito uma mentira.
— Não tenho outras perguntas – concluiu o comissário, levantando-se. – Naturalmente, se por acaso seu amigo Marcello se comunicar com o senhor, avise-nos de imediato.
Apertaram-se as mãos e Bonfiglio foi embora.
— E isso confirma minha suspeita – disse Fazio.
— Qual?
— Bonfiglio nos contou que o amigo está cheio de dívidas. Então, acho que foi o próprio Di Carlo quem incendiou a loja, para receber o dinheiro do seguro. E também acho que ninguém o sequestrou. Ele se escondeu e, dentro de alguns dias, vai reaparecer todo fresquinho e sorridente, sustentando que foi raptado porque se rebelou contra os mafiosos.
Montalbano permaneceu calado.
— O que vossenhoria acha? – quis saber Fazio.
— Sua hipótese só faz sentido sob uma condição: de que Di Carlo tenha um cúmplice.
— Cúmplice? E quem seria?
— A moça pela qual ele está apaixonado.
— Mas ele pode não ter comentado nada disso com ela.
— Então a moça já teria vindo prestar queixa do desaparecimento de Di Carlo, não acha?
— Acho, acho – admitiu Fazio, desiludido. – Mas, não sei por quê, sinto que esta história é mais complicada do que parece.
— Concordo – disse Montalbano.
Nesse momento, entrou Augello, com ar triunfante. Trazia na mão dois saquinhos de plástico transparente.

— Além do arco de cabelo, a Perícia também encontrou um anelzinho no porta-malas do carro queimado. Aqui estão os dois.

E pousou os dois saquinhos sobre a escrivaninha do comissário.

Montalbano olhou-os.

— O arco deve pertencer a Manuela, e o anel, à sobrinha de Enzo — disse afinal.

Mimì o encarou, perplexo.

— Como é que você sabe?

— Mimì, não tenho poderes mágicos. É simples: Enzo me falou do anel hoje, quando fui almoçar. Agora vou lhe dar uma tarefa que você certamente vai adorar. Pegue de volta os saquinhos e mostre às duas moças. Se elas reconhecerem os objetos, teremos a confirmação definitiva de que aquele carro foi usado para os sequestros.

— Vou agora mesmo — disse Augello, recuperando os saquinhos e fazendo menção de sair da sala.

— Um momento — interrompeu-o o comissário. — Em seu recente passado de frequentador de prostíbulos...

— Eu não procurava putas — retrucou Augello, ofendido.

— Em seu passado de mulherengo, você conheceu um sujeito chamado Giorgio Bonfiglio?

— Sim, claro!

— É um sujeito confiável?

— Se você me explicar a razão do seu interesse, eu posso lhe responder melhor.

Montalbano contou tudo.

Mimì ficou pensativo um tempinho, e depois falou:

— No trabalho que ele faz, ou seja, de representante de joalherias, parece estar acima de qualquer crítica. Já como homem, é habituado a contar lorotas às mulheres, algumas vezes pregou grandes mentiras. E não esqueça que ele é um jogador de pôquer experiente e esperto, capaz de blefar em alto estilo.

— Tudo bem, obrigado.

Augello saiu. Fazio olhou para Montalbano.

— Desculpe perguntar, mas por que vossenhoria pediu informações sobre Bonfiglio?

— Lembra que o balconista da loja nos disse que Marcello havia conhecido uma moça aqui em Vigàta no começo de junho?

— Sim.

— E lembra que dona Daniela nos disse que Marcello lhe falou de uma garota maravilhosa, no mesmo mês?

— Sim.

— Perfeito. Só que Bonfiglio nos disse que soube da existência dessa moça por um telefonema que Marcello lhe fez de Lanzarote, no mês de agosto. Então, pense bem: você acha lógico que Marcello fale dela com a irmã e com o balconista, mas não com o amigo do peito, o amigo mais íntimo?

— De fato...

— Só existem duas explicações possíveis. A primeira é que Marcello falou, mas Bonfiglio, por motivos que ainda não conseguimos compreender, tem interesse em afirmar que não conhece a moça. A segunda explicação possível é que Marcello não falou. E por que não? Aqui, podemos arriscar uma explicação suficientemente lógica, ou seja, que a revelação do nome da moça provocaria no amigo uma forte reação, e Marcello, temendo isso, adiou a revelação o máximo que pôde.

— Acha que poderia ser uma reação violenta?

— Não necessariamente, mas lembre que Bonfiglio emprestou dinheiro a Marcello, sem dúvida uma quantia alta, dinheiro que talvez lhe tenha sido restituído somente em parte.

– Das duas hipóteses, qual vossenhoria pensa que é mais provável?

– Assim, no faro, me inclino a supor que Marcello falou da moça com Bonfiglio em junho.

O telefone tocou.

– Dotor, me desculpe o distrubo, mas é que está na linha um tilifonema pra Fazio que não se encontra-se em sua sala dele e sim em sua sala de vossenhoria.

– É pra você – disse o comissário, passando o fone a Fazio.

Este falou alguma coisa e logo desligou.

– Era dona Daniela, para informar que conversou com o marido.

– O que eles decidiram?

– Preferem esperar mais dois ou três dias para prestar queixa do desaparecimento.

– Conhecendo Marcello, estão sendo prudentes. Seja como for, com ou sem queixa, vamos em frente do mesmo jeito.

O telefone tocou de novo.

– Dotor, aconteceria que está na linha o sr. Pitruzzo, o qual cujo quer...

– Pode transferir.

Instintivamente, olhou para o relógio. Eram seis e vinte. Virduzzo falou com voz de sofrimento.

– Doutor Montalbano, peço desculpas, mas parece que tudo conspira contra nosso encontro.

– O senhor não deveria vir às seis?

– Sim, mas não vou poder ir.

– Por quê?

– Infelizmente, precisei vir ao pronto-socorro, em Montelusa. E a fila de espera é grande.

– O que lhe aconteceu?

— Nada de novo, mas estou sentindo fortes tonturas, a ponto de nem conseguir ficar de pé.

Via-se que as paneladas de Adelina eram quase letais.

— Podemos marcar para amanhã de manhã, às nove? – propôs Montalbano.

— Certo. Não vejo a hora de falar com o senhor. Obrigado.

Desligou. O assunto não devia ser tão importante assim, do contrário Virduzzo, com tonturas ou sem tonturas, teria se apresentado.

Fazio voltou ao tema que o interessava.

— Como podemos agir em relação a Di Carlo?

— Começamos com o mesmo sistema. Veja o que dizem por aí. Informe-se com o máximo de pessoas que...

O telefone tocou pela terceira vez.

— Arre, que saco! – exclamou o comissário, levantando o fone.

A voz de Catarella estava afobada e trêmula:

— Ah, dotor, fiquei assustado, é uma pessoa pedindo socorro e eu não entendi direito...

— Pode passar – disse Montalbano, ligando o viva-voz.

— Socorro... socorro... me ajudem, por caridade...

Era a voz de um homem idoso ou doente, uma voz débil e desesperada. Fazio pulou de pé.

— Procure se acalmar. E me diga como se chama e onde mora – pediu o comissário.

— Espere um momento... não, não, não consigo, esqueci como me chamo...

— Faça um esforço, por favor. Qual é o seu nome?

— Estou confuso... espere... começo a me lembrar... ah, pronto... Meu nome é Jacono... socorro...

— Tente ficar o mais calmo possível e me diga onde mora...

— Eu moro no campo...
— Sim, mas onde, exatamente?
— Acho que é no distrito Zicari... não... não... espere... Ficarra... distrito Ficarra... venham depressa... socorro...

Fazio repetiu, como se quisesse memorizar:
— Jacono, distrito de Ficarra — e saiu correndo.
— Sr. Jacono, está me ouvindo?
— Não entendo... Não entendo...
— Não entende o quê?
— Minha filha... minha filha não veio...
— Tinha um encontro com sua filha?
— Não... encontro nenhum...

Fazio entrou.
— Gallo está pronto. Já entendi onde mora esse homem.
— Quanto tempo pra chegar até lá?
— Com Gallo, uns quinze minutos.
— Sr. Jacono, fique tranquilo, não se agite, fique onde está e do jeito como se encontra, daqui a pouco estamos aí.
— Venham depressa... depressa...

Saíram do comissariado correndo, entraram na viatura, Gallo partiu como uma flecha, ligando a sirene.

Deixada a provincial para Montereale, pegaram a primeira estrada rural à direita e em seguida, numa bifurcação, entraram à esquerda.

E por muito pouco, por um triz, não bateram num carro mal estacionado, sem ninguém dentro.

Fazio proferiu uns palavrões contra quem havia largado o veículo daquele jeito.

— Já estamos no distrito de Ficarra — informou Gallo.
— Pare em frente à segunda casa — pediu Fazio.

A segunda casa ficava justamente à beira da estrada, o jardim era atrás.

Tinha dois andares e parecia bem conservada. A porta estava fechada. Uma janela do piso superior estava aberta.

Os homens saíram da viatura.

– Fiquem calados e escutem – ordenou Montalbano.

Em seguida gritou, o mais forte que podia:

– Sr. Jacono, estamos aqui!

No enorme silêncio que se seguiu, os três ouviram distintamente uma voz muito, muito fraquinha.

– Socorro! Socorro!

Vinha da janela aberta.

– Vamos arrombar esta porta – disse Fazio.

– Um momento – pediu Gallo, olhando atentamente a fachada da casa. – Acho que consigo subir até lá.

E, antes que o comissário pudesse detê-lo, já estava em pé na grade da janela do térreo, que ficava ao lado da porta de entrada, grade essa que ele usou como se fosse uma escada; em seguida, segurando-se num tubo de escoamento, pousou um pé no arco que encimava a porta e dali, apoiando todo o peso naquele pé, deu um salto e se agarrou com ambas as mãos no peitoril da janela de cima.

– De galo que era, conseguiu se transformar em macaco – disse Montalbano, com admiração.

Com um último esforço, Gallo se içou e se sentou. Olhou para dentro do quarto e disse:

– Tem um homem no chão, gemendo. Não vejo sangue. Tem também uma cadeira de rodas. Deve ser um paralítico que caiu da cadeira. Vou ajudar o coitadinho e depois abro para vocês.

Jacono levou mais de meia hora para ficar relativamente calmo e contar o que havia acontecido.

Fazio tinha descoberto na cozinha uma caixa de chá de camomila e preparado um bem forte, com dois saquinhos.

Jacono, cujo primeiro nome era Carlo, tinha setenta e sete anos, havia sido dirigente industrial e desfrutava de uma boa aposentadoria.

Morava naquela casa com a filha Luigia, de trinta e oito anos, que era funcionária no Banco Cooperativo de Vigàta e trabalhava até às quatro e meia. Ele tinha outra filha, Gisella, que vivia com o marido em Montereale. Durante o dia, quem o acompanhava era uma cuidadora chamada Grazia.

Mas naquele dia à tarde havia acontecido pela primeira vez uma coisa estranha. Luigia telefonara às 16h35 dizendo que estava chegando e por isso ele podia liberar Grazia.

Jacono, que havia se deitado vestido porque não se sentia bem, dispensou a cuidadora, confiando na pontualidade da filha, que jamais se atrasava um minuto sequer, e ficou sozinho.

Mas às cinco e meia, como Luigia não chegava, tentou falar com ela por telefone.

Só que o celular dela estava desligado. Ele tentou mais duas ou três vezes, sempre com o mesmo resultado. Então ligou para Gisella, mas o número dava ocupado.

Inquieto e assustado, Jacono quis se levantar da cama e se sentar na cadeira de rodas, mas caiu no chão.

Por sorte, não havia soltado o celular, e assim tinha ligado para o comissariado.

– Sua filha tem carro?
– Naturalmente.
– Que carro é?
– Um Polo, placa BU 329 KJ.

Gallo olhou o comissário. Entenderam-se no ar. O veículo mal estacionado, no qual eles quase haviam batido, era um Polo.

Seis

— Papai! Papai! – gritou uma voz feminina, lá fora.

Era Gisella que havia chegado, avisada por Fazio.

Montalbano se levantou, saiu do quarto quase correndo e a deteve antes que ela começasse a subir a escada que levava ao andar de cima.

— Eu sou o comissário Montalbano.

— O que está fazendo aqui?

— Seu pai nos chamou. Tinha caído e precisava...

— Meu Deus, o que aconteceu? Na vinda para cá, vi o carro de Luigia parado na bifurcação. Onde ela se encontra? E o papai, como está?

— Escute. Seu pai está muito nervoso, mas bem. Não fale com ele sobre o carro de sua irmã.

— Por quê?

— Ele ficaria mais nervoso ainda. E seu estado é quase confusional. A senhora tem uma foto recente de Luigia?

— Uma foto?! Mas o que houve? Onde está Luigia?

— Por enquanto, não tenho condições de lhe informar nada. A foto, por favor.

— No quarto dela tem várias.

— Vá buscar uma, antes de ver seu pai, e me entregue quando estivermos saindo.

Subiram. Montalbano entrou no quarto de Jacono, Gisella prosseguiu no corredor.

— Sua filha Gisella chegou, foi ao banheiro um instante. Sr. Jacono, estamos indo embora, e o deixamos em boas mãos.

— E Luigia?... Onde está Luigia? Por que demora tanto? — gemeu Jacono.

— Sr. Jacono, fique tranquilo, assim que possível lhe daremos notícias de sua filha.

Enquanto isso entrava Gisella, que logo correu a abraçar e confortar o pai.

— Até logo, senhora — despediu-se o comissário.

— Vou acompanhar os senhores — respondeu Gisella.

Montalbano sequer teve tempo de acomodar confortavelmente a bunda no assento e de colocar o cinto de segurança, e Gallo já parava a viatura, focinho com focinho, diante do Polo.

Começava a escurecer.

Montalbano saltou e puxou a porta do lado do motorista do Polo, que prontamente se abriu. A chave, junto com várias outras, estava na ignição. No assento do passageiro, havia uma bolsa bastante chique.

O comissário a pegou, abriu e olhou para dentro. Ali estavam o celular desligado, a carteira com duzentos euros, batom, lencinho, uma penca de chaves.

— Rapazes — disse ele —, com certeza estamos diante do terceiro rapto.

— O que podemos fazer? — perguntou Fazio, angustiado.

Montalbano lhe passou a bolsa. Em seguida tirou a chave da ignição, trancou as portas e entregou o chaveiro todo ao agente.
– Vamos voltar correndo a Vigàta. Você, Fazio, assim que entrarmos na área urbana, desce, vai ao comissariado e avisa à chefia de polícia. Eu prossigo com Gallo até Montelusa.
– O que vossenhoria vai fazer lá?
– Esses raptos não podem mais ser mantidos em sigilo. Quero contar tudo na televisão.

Nicolò Zito, o jornalista da Retelibera que era amigo dele, colocou-se à sua total disposição.
Levaram quinze minutos gravando, e depois reviram tudo.
Primeiro entrava Zito, que dizia:

"Transmitiremos agora um importante apelo do doutor Salvo Montalbano, do comissariado de Vigàta."
Entrava Montalbano:
"Temos razões para considerar que a jovem da qual mostraremos agora uma fotografia recente..."
Desaparecia a imagem de Montalbano e aparecia a foto de Luigia que Gisella havia entregue a ele. Ao mesmo tempo, o comissário continuava falando, fora de cena:
"...tenha sido vítima de um sequestro ocorrido hoje à tarde, entre as dezesseis e trinta e as dezessete horas, na estrada rural que leva da provincial Vigàta-Montelusa ao distrito de Ficarra".
Reaparecia Montalbano:
"Pede-se a quem tiver notado algo de estranho, no horário e no local indicados, que entre em contato com o comissariado de Vigàta. A jovem em questão dirigia um Polo que foi encontrado no local onde aconteceu o sequestro. Obrigado".
A câmera abria a imagem até mostrar Zito ao lado do comissário:

"Doutor Montalbano, o senhor acredita que se trata de um sequestro com objetivo de resgate?"

"Infelizmente, não, o que torna tudo mais difícil. Estamos lidando com um maníaco que sequestra suas vítimas..."

"Então, houve outros casos?"

"Sim. Dois."

"Ele usou de violência contra as moças?"

"Até agora, não. Limitou-se a cloroformizá-las, sem roubar nada e sem mexer nas roupas delas. Mas não está excluído que possa mudar de métodos."

"Obrigado, doutor Montalbano."

"Eu que agradeço."

– Vou transmitir a matéria no noticiário das dez, e repito no da meia-noite – prometeu Zito.

– Fazio está?

– Não senhor, dotor, Fazio se encontra-se *in loco* do sequestro por motivo que o pessoal da Unidade Móvel quis a presença dele *in loco* e convocaram ele por motivo que ele sabia mais coisas do que eles, sendo eles a Unidade Móvel. Mas aqui *in loco* está o dotor Augello.

Montalbano foi bater à porta da sala de Mimì, entrou e se sentou.

– As duas moças reconheceram os respectivos objetos. Portanto, aquele carro foi usado para os raptos – disse Augello.

– Vê-se que ele mudou de carro – concluiu, amargo, o comissário.

– Sim, eu soube da novidade. E andei me informando.

– Como assim?

– Posso lhe dizer que não houve nenhuma queixa de carro roubado.

– Isso não significa que o sequestrador está usando o dele. Pode ter furtado outro, e o proprietário ainda não se deu conta do furto.

– Você esperava esse terceiro sequestro?

– Sim, Mimì, e por isso não consigo ficar em paz.

– Mas que culpa você tem?

– Tenho culpa, sim, e enorme.

– Qual seria?

– Veja, Mimì, os dois primeiros sequestros foram feitos de maneira idêntica. Um carro parado, com o capô aberto, e um homem debruçado sobre o motor, fingindo consertar alguma coisa. A essa altura, eu deveria ter avisado às mulheres que estivessem sozinhas, a pé ou de carro, que não parassem se vissem uma cena assim. Se eu tivesse feito essa simples advertência, certamente esse terceiro sequestro não teria acontecido.

– Pois eu acho que foi bom você não ter dado nenhum aviso.

– Por quê?

– Porque espalharia o pânico, e podiam até linchar um pobre desgraçado que estivesse com o motor realmente em pane.

O comissário contou a ele sobre o apelo que havia feito na tevê. Augello olhou o relógio. Passava das nove.

– Vou lhe fazer uma proposta – disse. – Como certamente haverá telefonemas, e por isso talvez seja preciso virar a noite, eu vou para casa agora e você fica aqui. Às três da manhã, venho render você.

– Proposta aceita – respondeu Montalbano, levantando-se e saindo.

De sua sala, chamou Catarella.

– Venha aqui um momento.

Catarella se precipitou.

— Às ordens, dotor.
— Catarè, eu vou ficar aqui até as três da manhã, estou esperando telefonemas importantes. Você sai a que horas?
— Às dez, dotor.
— E quem fica no seu lugar?
— Intelisano, dotor.
— Quando Intelisano chegar, diga a ele que, antes de pegar no serviço, venha falar comigo.
— Dotor, peço compressão e perdoança, mas eu, a Intelisano, não vou dizer é nada.

Montalbano ficou pasmo. Já estava chegando o fim do mundo? Catarella se recusava a cumprir uma ordem?!
— Catarè, o que deu em você?
— Deu que se vossenhoria fica aqui até as três eu fico aqui até as três e se vossenhoria fica aqui até as quatro eu fico aqui até as quatro e se vossenhoria...
— Tudo bem, tudo bem — interrompeu o comissário. — E atenção a esses telefonemas. Não faça perguntas à pessoa, e me passe a ligação imediatamente. Ah, outra coisa: mande alguém comprar quatro sanduíches e duas cervejas. Você quer sanduíche de quê?
— De salame, dotor.
— Eu também. Espere aí que vou lhe dar o dinheiro.
— Nossenhora, que maravilha! — exclamou Catarella, quase com lágrimas nos olhos.
— Qual é a maravilha?
— Comer sanduíche de salame com vossenhoria, dotor!

Fazio entrou quando Catarella saía.
— Novidades? — quis saber Montalbano.

Fazio fez um gesto desconsolado.
— Os caras da Perícia levaram o carro até Montelusa para ver se encontram impressões digitais, e a Unidade Móvel está

fazendo uma batida pelas vizinhanças, mas não creio que vá descobrir alguma coisa.

Eram dez horas.

– Venha comigo– chamou o comissário.

Entraram na sala de Augello, onde ficava a tevê, e a ligaram. Zito transmitiu o apelo de Montalbano bem no início do noticiário, logo após as chamadas.

Os dois ouviram e depois desligaram o aparelho.

– Estou à disposição, se for preciso fazer turnos para atender os telefonemas – propôs Fazio.

– Já providenciado – disse Montalbano.

Sentiu enorme satisfação por adotar a mesmíssima frase que Fazio dizia com excessiva frequência e que desencadeava nele um nervoso irresistível. E continuou:

– Você vai embora, volta às oito e manda Mimì Augello ir dormir.

O primeiro telefonema, às dez e quarenta, não foi o que ele estava esperando e quase o fez se engasgar com o sanduíche.

– Ah, dotor, dotor! Ah, dotor!

Aquele lamento era típico de Catarella quando quem ligava era o "senhor e chefe de polícia".

– É o chefe?

– Sim, dotor, ele em pessoa pessoalmente! E pela voz parece um leão rugindo!

– Pois vamos fazê-lo rugir! Pode transferir.

– Montalbano!

– Pois não?

– Montalbano!

Mas tinha virado o quê, surdo, o chefe?

– Aqui estou! – respondeu, levantando a voz.

— Fiquei sabendo, por puro acaso, preste atenção, por uma tevê local, que somente no terceiro sequestro o senhor se dignou de avisar a quem de direito, tendo silenciado sobre os outros dois. Foi isso mesmo?

Só podia responder que sim. Não tinha avisado a "quem de direito" porque havia esquecido completamente.

— Sim, chefe, mas...

— Nada de "mas"!

— Posso usar "se", em vez de "mas"?

— Não me venha bancar o engraçadinho, não é o caso!

— Eu jamais me permitiria fazer...

— Espero o senhor amanhã de manhã, às nove em ponto, aqui na chefatura.

E desligou.

Montalbano bebeu um golinho de cerveja da lata e, em seguida, ligou para Livia a fim de informá-la da situação.

Terminado o telefonema, achou que, entre um sanduíche e outro, um cigarrinho cairia bem. Ir fumar lá fora ou cometer uma transgressão e fumar ali dentro?

Resolveu seguir pelo caminho do meio. Levantou-se, foi até a janela, abriu-a e fumou o cigarro apoiando os cotovelos no peitoril.

O telefone tocou. Ele correu para atender.

— Estou falando com o comissário Montalbano?

Era a voz resfriada de um homem de meia-idade.

— Sim, sou eu.

— Gostaria de lhe dizer que aquela mulher, que é uma grande pecadora, uma rameira vulgaríssima, sofrerá o castigo que merece entre as chamas do inferno. O destino dela já está irrevogavelmente marcado. Vocês não vão revê-la nunca mais.

— Posso saber quem fala?

— E você também, miserável pecador, terá o mesmo fim.

— Mas quem está falando?

— O Rei da Luz.

— Me passe o rei do gás, por favor, porque eu paguei uma conta alta demais.

E bateu o fone.

Precisava relaxar, porque certamente ainda receberia telefonemas estranhos. Um apelo como aquele que ele havia feito na televisão era como mel para moscas: um convite irresistível para os malucos, os mitômanos, os que dispunham de tempo a perder.

Passada uma meia hora, que o comissário empregou fazendo palavras cruzadas, o telefone tocou.

— Eu me chamo Armando Riccobono e preciso falar com o comissário...

— Sou eu, Montalbano.

— É sobre aquele sequestro do qual o senhor falou na Retelibera.

— O senhor viu alguma coisa?

— Acho que sim.

— Pode falar.

— Eu tenho uma casa no distrito de Ficarra. Hoje à tarde, peguei meu carro para vir a Vigàta. Deviam ser umas quinze para as cinco, ou pouco mais. Quando cheguei à bifurcação que leva à provincial, avistei no outro trecho da mesma estrada, pouco adiante do cruzamento, um automóvel parado, com o capô aberto. Entrei à esquerda e vi dona Luigia que vinha vindo ao volante do carro dela. Foi isso.

O horário batia.

— Conseguiu perceber se havia também um homem junto do automóvel parado?

— Não vi ninguém. Se esse homem estivesse inclinado diante do capô aberto, eu não poderia avistá-lo.

— Muito obrigado, sr. Riccobono. Pode me informar seu número de telefone, por favor?

Montalbano anotou o número num papelzinho, agradeceu de novo e desligou.

O testemunho de Riccobono significava que o terceiro sequestro também havia sido feito com a mesmíssima técnica dos outros dois. E o fato de a terceira jovem também trabalhar num banco ainda podia ser considerado uma coincidência?

O telefone tocou de novo. Era Fazio.

— Doutor, ouviu a Televigàta?

Era a outra emissora local.

— Não, por quê?

— Porque eles deram uma edição extraordinária do telejornal dizendo nomes e sobrenomes das três moças sequestradas e informando também que as três trabalham em bancos.

Montalbano se entregou a uma ladainha de palavrões.

— Mas como souberam?

— Disseram que receberam um telefonema anônimo.

— Pela lógica, quem deu esse telefonema só pode ter sido o próprio sequestrador.

— Também acho. Mas com qual objetivo?

— Com o objetivo de nos fazer enveredar por uma pista falsa.

— Qual seria?

— A de fazer com que nós e todo o vilarejo acreditemos que se trata de uma ação contra os bancos.

— E por que vossenhoria a considera falsa?

— Primeiro, porque nos está sendo sugerida pelo próprio sequestrador. Segundo, pelo motivo que já discutimos: que prejuízo esses sequestros-relâmpago dão aos bancos? Nenhum. Além do mais, as duas primeiras sequestradas não perderam nem mesmo uma hora de trabalho.

Tendo acabado de falar com Fazio, retomou as palavras cruzadas, mas nem teve tempo de ler uma definição porque o telefone o chamou de novo ao dever.

– Aqui é da OCAB! – anunciou uma voz imperiosa.

E que merda era a OCAB?

– Desculpe, como disse?

– OCAB!

– O que significa?

– Significa Organização Clandestina Antitrabalho Bancário. Quer saber qual é nossa proposta?

– Por que não? – retrucou, benevolente, o comissário.

– Aterrorizar todos aqueles que trabalham em bancos, fazendo com que se demitam e assim obrigando os bancos a fechar por falta de funcionários. Saiba o senhor que a OCAB é uma grande organização internacional que...

O comissário encerrou a comunicação e retomou as palavras cruzadas.

Não aconteceu mais nada, silêncio total.

Mimì Augello se apresentou às três e cinco da madrugada. Ainda estava sonolento, bocejando muito.

– Houve telefonemas interessantes? – perguntou.

– Não, a não ser pelo de um tal de Riccobono.

O comissário havia acabado de contar a ele o teor do telefonema quando o aparelho tocou.

– Atendo eu ou atende você? – quis saber Mimì.

– Você. Mas, se não se importar, ponha no viva-voz.

– Meu nome é Roscitano... Preciso falar imediatamente com o responsável pelo comissariado, como se chama? Ah, lembrei, Montalbano.

Era uma voz bastante agitada.

– Pode falar comigo, sou o subcomissário Augello.

— Foi o seguinte: eu desci à garagem para pegar meu carro e encontrei no chão, em frente ao portão de enrolar, uma mulher completamente nua, toda coberta de sangue, gemendo.
— Ela disse como se chama?
— Ela não fala! Apenas geme. Creio que está transtornada. Minha mulher e eu a transportamos para nossa casa.
— Onde o senhor mora?
— Um quilômetro depois da Scala dei Turchi, na provincial para Montereale.
— Pode ser mais preciso?
— Não há possibilidade de erro, é uma casa vermelha com uma torrezinha, bem perto do mar.
— Estamos indo agora.
— Enquanto isso, posso sair?
— Para onde o senhor deve ir?
— Palermo. Vou buscar meu filho, que está chegando de Nápoles pelo barco postal.
— Avise a ele que não vai poder buscá-lo.
— Está brincando? Meu filho...
— Se, quando eu chegar, não o encontrar, mando prendê-lo assim que o senhor botar os pés em Palermo.
O homem praguejou, Mimì desligou o telefone.
— Ânimo — disse Montalbano. — Vamos lá.
— Vamos no meu carro — decidiu Augello.

— Entrem, entrem — disse a cinquentona e gorducha dona Ágata Roscitano, guiando-os para o quarto. — Lavei a pobrezinha, desinfetei os ferimentos, que são uns trinta...
Montalbano se detém.
— Uns trinta, como assim?
— Sim senhor, talvez até mais. Todos provocados com a ponta de uma lâmina, que no entanto não entrou em profundidade. Eu sou enfermeira diplomada, sei o que estou

dizendo. Somente o rosto foi poupado. Agora a moça está descansando, portanto não façam barulho.

Entraram no quarto pé ante pé. Aproximaram-se da cama.

O comissário a reconheceu de imediato.

Era Luigia Jacono.

Sete

A moça continuava gemendo baixinho, agitando-se até no sono.

– Vamos deixá-la descansar – disse Montalbano, dirigindo-se para a porta.

Assim que se viram na sala de jantar, o comissário mandou Augello avisar à unidade móvel que a jovem havia sido encontrada e pedir que mandassem também um médico para examiná-la.

Depois dirigiu-se a Roscitano.

– Ouviu esta noite algum barulho de carro nas vizinhanças?

– Não ouvi nada.

– Eu entendi perfeitamente o que o doutor quer saber – interveio dona Ágata.

– O que a senhora entendeu?

– O senhor quer saber se a moça foi trazida de automóvel e abandonada aqui perto ou se chegou sozinha.

– Isto mesmo. Ouviu algum ruído?

— Nada. Mas posso lhe dizer que ela veio sozinha, depois de ter caminhado muito.

— Como sabe?

— Pelo estado dos pés dela, completamente arruinados. A coitadinha precisou caminhar descalça, campo afora, e seus pobres pés viraram uma chaga só.

Augello acabou de telefonar.

— Daqui a pouco chegam os caras da unidade móvel e um médico.

— Mimì, faça mais um telefonema. Para a família Jacono. O número está neste papelzinho. Talvez você seja atendido por Gisella, a irmã de Luigia.

— E digo a ela o quê?

— Diga que Luigia está bem mas por enquanto não pode voltar para casa porque deve prestar depoimento.

Augello se afastou de novo para telefonar.

— Faço um café para os senhores? — perguntou dona Ágata.

Montalbano acolheu com entusiasmo o oferecimento.

Enquanto dona Ágata ia para a cozinha, o comissário se dirigiu a Roscitano:

— Quando viu a moça prostrada diante do portão da garagem, o que o senhor fez? Aproximou-se?

— Claro.

— Tocou nela?

— Por que eu deveria tocá-la?

— Para ver se estava viva.

— Para isso não havia nenhuma necessidade de tocá-la. Ela gemia! Baixinho, mas gemia.

— Só isso?

— Como assim?

— Ela falou alguma palavra?

— Quando eu e minha mulher a levantamos a fim de carregá-la para dentro de casa, ela disse uma coisa: "socorro".

— Ela não disse "socorro", disse "carro" — interveio dona Ágata, voltando da cozinha com o café.

— Disse "socorro"! — retrucou Roscitano, irritado.

— Não senhor. Disse "carro", claramente.

— Conversei com a irmã e a tranquilizei — interrompeu Mimì, pegando uma xícara de café.

Naturalmente, logo depois, Montalbano sentiu vontade de fumar. Saiu da casa e Augello foi atrás.

A noite estava suave, clara e sem vento. Ali perto o mar dormia, percebia-se pelo ruído leve e rítmico da arrebentação.

— Você parece preocupado — disse Augello.

— Estou preocupado porque o sequestrador subiu a aposta, como, aliás, eu esperava. Trinta golpes de faca, mesmo superficiais, não são uma brincadeira. O que ele fará na próxima vez?

— Acha que ele também a violentou?

— Com um louco desse tipo, tudo é possível, mas creio que não.

— Por quê?

— Porque estou convicto de que esses sequestros não têm objetivo sexual.

Ao longe, em meio à noite silenciosa, começaram a se fazer ouvir as sirenes das viaturas policiais.

— Como esse tipo de gente gosta de encher o saco das pessoas que estão dormindo! — resmungou o comissário, entrando de volta na casa.

O circo itinerante, constituído pelo chefe da Unidade Móvel, pelo promotor Tommaseo e pela doutora Sinatra, chegou num comboio de quatro viaturas, mais uma ambulância, e se deteve com estrépito diante da porta.

A doutora entrou imediatamente.

Depois desembarcou Galeassi, o chefe da Móvel, que disse a Montalbano:

— Vou ver como está a moça e se é o caso de interrogá-la. Seja como for, as investigações sou eu que conduzo. Fui claro?

— Claríssimo.

Consequentemente, o comissário e Augello voltaram lá para fora. Mas Galeassi, por assim dizer, deu com os burros n'água.

De fato, passada uma hora e meia, o chefe da unidade móvel saiu e disse, furioso, a Montalbano, como se ele tivesse culpa:

— Mas essa moça não se lembra de nada!

Depois veio o promotor Tommaseo:

— Ao que parece, ela não foi violentada.

Estava claramente decepcionado, porque os crimes passionais, os estupros, as violências sexuais contra mulheres o empolgavam bastante.

Em seguida veio a doutora, e atrás dela dois maqueiros transportando uma padiola sobre a qual estava Luigia. Instalaram a jovem na ambulância e foram embora.

Montalbano e Augello se despediram dos Roscitano, agradeceram, desculparam-se pelo transtorno, entraram no carro e seguiram para Vigàta.

Assim que partiram, Mimì fez uma pergunta direta:

— Tudo indica que, quanto à violência, você tinha razão. Pode me dizer, com sinceridade, o que lhe passa pela cabeça?

— Mimì, entre as muitas coisas que Manuela Smerca nos disse, tem uma que me parece absolutamente certa.

— O que é?

— Que esse homem tem medo das próprias ações. E o que ele fez a Luigia é a confirmação disso.

– Não entendi.

– Provavelmente, desta vez ele queria matar a jovem, mas não teve coragem, então se limitou a martirizá-la com trinta cutiladas superficiais.

– Mas também poderia ter sido a obra de um sádico.

– Poderia, mas não é. Aposto que ele deu as cutiladas enquanto a garota estava sob o efeito do clorofórmio. Um sádico precisa das súplicas, dos lamentos da vítima, para ter prazer.

– Mas tudo isso leva você aonde?

– À categoria mais perigosa, Mimì.

– Qual seria?

– Aquela dos que, por natureza própria, não são levados a fazer mal a outros, mas que, se o fizerem, são capazes de qualquer coisa para ocultar a má ação executada.

– Isso porque podem perder a boa imagem que as pessoas tinham deles?

– Também por esse motivo, mas sobretudo porque não aguentariam a vergonha perante si mesmos se a coisa fosse descoberta.

– Então você supõe que se trata de um homem acima de suspeitas?

– Sim, Mimì, isto mesmo.

Montalbano deu um suspiro profundo e continuou:

– Esta é a típica investigação na qual um sujeito pode quebrar os cornos. E eu queria ter...

Interrompeu-se.

– Queria ter o quê?

– Vinte anos a menos, Mimì.

O que pode fazer um homem que volta para casa às sete da manhã, depois de uma noite de vigília, e que tem um encontro com seu superior às nove, em Montelusa?

Só pode mesmo fazer o que fez o comissário. Ficar pelado, meter-se embaixo do chuveiro, fazer a barba, enfiar cueca limpa, botar a cafeteira no fogo, vestir um terno tirado do armário, beber uma enorme xícara de café, entrar no carro e partir para Montelusa.

Como sabia o motivo da convocação por parte da autoridade superior, preparou uma resposta que era uma lorota colossal.

Ao entrar na antessala da chefatura, olhou para o relógio. Cinco para as nove.

– Tenho um encontro com o chefe – disse a um agente sentado atrás de uma mesinha.

O homem consultou um papel que estava diante dele.

– Sim, eu sei, doutor Montalbano, mas ele está ocupado. Sente-se, fique à vontade...

Montalbano se acomodou num pequeno sofá que era igualzinho ao de seu dentista.

Esse pensamento, de repente e sem razão aparente, fez com que ele começasse a sentir de imediato uma dorzinha no último dente do lado superior esquerdo.

Cautelosamente, tocou-o com a ponta da língua. Doía, não havia dúvida. Veio-lhe então um súbito ataque de nervosismo, e ele começou a se remexer no sofá.

Nada no mundo o deixava mais apavorado do que precisar se sentar na cadeira do dentista. Talvez somente os condenados à morte, quando são instalados na cadeira elétrica, sintam um pavor igual.

Afinal, quando o senhor e chefe de polícia ficaria livre? Pronto, agora estava começando a transpirar.

Sentiu uma vontade irresistível de sair dali. Levantou-se e, naquele exato momento, tocou o telefone que ficava sobre a mesinha do agente. Montalbano se deteve. O agente atendeu e depois disse:

— Pode entrar.
O comissário bateu de leve, abriu, entrou.
— Bom dia — cumprimentou. O chefe não respondeu. Pousou o papel que estava lendo, olhou para Montalbano, paralisado à sua frente, tamborilou com os dedos da mão direita sobre o tampo da escrivaninha e, afinal, disse:
— Montalbano, vou entrar logo no mérito porque sua presença não me é agradável.
— Sem problema, entre, chefe.
— Posso saber por qual misterioso motivo o senhor acreditou não ter o dever de informar nenhum dos seus superiores sobre os sequestros que estavam acontecendo e infelizmente continuam a acontecer em Vigàta?
— Se me...
— Antes que o senhor abra a boca, devo lembrar-lhe que, de sua resposta, depende se tomarei providências a seu respeito ou não. Compreendeu bem?
— Como não?!
— Então, agora fale.
Montalbano fechou os olhos por uma fração de segundo, respirou fundo e mergulhou de cabeça.
— Assim me foi ordenado, chefe.
Bonetti-Alderighi o encarou, embasbacado.
— Ordenado?!
— Isto mesmo, chefe. Nem lhe falo das noites insones que passei porque, obedecendo àquela ordem vinda de cima, eu acabaria faltando aos meus mais elementares deveres.
— De cima? Mas de quem?
— Foi Sua Excelência o subsecretário Macannuco, que vem a ser um tio materno da primeira sequestrada, quem me telefonou ordenando que eu não comunicasse nada a ninguém. Ele não queria que a sobrinha... Conhece Macannuco?

— Pessoalmente, não.
— Se conhecesse, o senhor compreenderia. É um homem vingativo. Jamais esqueceria uma recusa da minha parte.

O chefe mudou repentinamente de atitude. Não tinha intenção de pôr em risco sua carreira.

— Sente-se.

O comissário se sentou.

— Conhece Macannuco há muito tempo?

— Desde a escola primária.

— Mas por que não me falou pelo menos do segundo sequestro?

— Porque depois o senhor, quando viesse a saber que já tinha acontecido um outro, ficaria furioso comigo e...

O chefe o interrompeu.

— Tudo bem, não se fala mais nisso.

Ainda conversaram amavelmente por uns cinco minutos, depois dos quais o chefe o liberou absolvendo-o de todos os pecados, menos do original, que não era de sua competência.

Bastou botar os pés fora da chefatura e Montalbano não sentiu mais a dor de dente.

Falando com o chefe, soubera que Luigia tinha sido internada no hospital San Giacomo. Então decidiu que, como se encontrava em Montelusa, valia a pena ver como estava a moça e talvez conversar sobre o sequestro.

A freira, ou lá o que fosse, sentada atrás do balcão da recepção, coberto de telefones, computadores e aparelhos com luzinhas verdes e vermelhas que se acendiam e se apagavam como na decoração das árvores de Natal, leu atentamente a carteira de identidade do comissário, encarou-o fixamente para conferir se ele se assemelhava à fotografia e afinal devolveu o documento, dizendo:

– Quarto 29, segundo andar.

E aqui começaram os problemas.

Porque não havia uma vez que fosse, uma vezinha só, em que o comissário não se perdesse dentro dos hospitais.

Tendo encontrado com certa dificuldade o elevador, oportunamente camuflado por uma fúcsia gigante de um lado e por uma estátua de são Tiago do outro, pressionou o botão de chamada.

Dali a instantes o elevador chegou, vazio. Ele entrou, apertou o botão número 2. O elevador partiu e, no máximo uns trinta segundos depois, parou.

Montalbano saiu e deu alguns passos, mas logo viu que estava caminhando por um corredor escuro, empoeirado, com caixas de papelão meio abertas, cadeiras de assento furado, macas quebradas. Em vez de subir, o elevador tinha descido e deixado o comissário num porão.

Voltou para tomar novamente o elevador, e não o encontrou mais. Tinha desaparecido. Como era possível?

Deu três passos adiante, três passos atrás, sempre tateando a parede, virou-se para o lado oposto, tateou novamente, nada, a parede era compacta, não havia rastro de elevador.

Começou a se apavorar.

Aquele lugar estava absolutamente deserto, se não descobrisse como subir de volta acabaria ficando ali embaixo por dias e dias. Certamente morreria de fome e sede, um fim horrendo que o deixou de cabelo em pé.

Sentiu-se invadido pelo pânico. Ficou tonto, apoiou-se de costas na parede. E a parede atrás dele se abriu de repente. Montalbano perdeu o equilíbrio, deu dois passos para trás, girando os braços como se fossem as pás de um moinho, e viu-se dentro do elevador.

O qual desta vez o levou ao segundo andar.

Porém, assim que saiu para o corredor, ele se deteve.

Qual era o número do quarto? Havia esquecido, certamente por causa do pavor que acabava de sentir.

E agora, como sair dessa?

Tomar de novo aquele elevador maldito e voltar à recepção, nem que o trucidassem.

Por sorte, vinha chegando uma enfermeira. Esta, depois que ele perguntou por Luigia, informou o número do quarto. O comissário bateu de leve, mas não obteve resposta. Então girou a maçaneta e entrou.

Luigia estava deitada, de olhos fechados, respirando calma e regularmente.

Montalbano se sentou na cadeira que havia ao pé da cama. A jovem deve ter sentido a presença dele, porque logo depois abriu os olhos, pestanejou, focalizou-o e o fitou, interrogativa.

– Sou o comissário Montalbano, encarregado da investigação. Como se sente?

– Estou me recuperando.

– Seria incômodo se falássemos do que lhe aconteceu?

– É incômodo e aflitivo, mas me parece inevitável.

– Já teve contato com sua família?

– Minha irmã veio me ver agora de manhã.

– Pode me contar como foram as coisas?

A jovem contou. Na primeira parte, havia sido um sequestro igual aos anteriores.

Um carro à beira da estrada com o capô aberto, um senhor pedindo ajuda, ela para, ele lhe aponta um revólver, a obriga a desembarcar e a cloroformiza.

Então vinha a segunda parte, na qual ocorriam as inovações.

Ela desperta algumas horas depois, nua, o corpo inteiro dolorido, está ensanguentada, aterrorizada, não entende o que lhe aconteceu e sai em busca de um socorro que não vem.

Caminha não sabe por quanto tempo, perdendo sangue, até cair, esgotada e incapaz de raciocinar, completamente sem forças para se mover, diante de um portão de garagem.

– Viu a cara do sequestrador?

– A cara seria um modo de dizer, eu não saberia descrevê-lo. Ele usava uma boina que ia até as sobrancelhas, óculos escuros e uma echarpe grossa que cobria a parte inferior do rosto.

– Como era a voz dele? Rouca, fanhosa...

– Não abriu a boca.

– Então, como a mandou sair do carro?

– Com um aceno da mão com a qual segurava o revólver.

– Em que mão ele tinha a arma?

– Na direita, não era canhoto.

– E os ferimentos, ele os infligiu quando a senhorita estava sem sentidos?

– Sim, mas não são propriamente ferimentos, são arranhões mais ou menos profundos.

– O sequestrador lhe pareceu jovem ou era um homem maduro?

A moça respondeu prontamente:

– Um homem maduro.

– Sua irmã lhe contou que quem socorreu a senhorita foi um casal que mora perto da Scala dei Turchi?

– Contou.

– Agora, preste muita atenção. Parece que, quando estava sendo levantada do solo pelo casal, a fim de ser carregada para dentro de casa, a senhorita disse claramente uma palavra.

– Eu tive forças para falar? – perguntou a jovem, sinceramente espantada.

– Falar, propriamente, não, mas disse uma palavra inteira.
– Qual?
– O problema é justamente esse. O marido sustenta que a palavra era "socorro", ao passo que a esposa tem certeza de que a senhorita disse "carro".

Luigia, que estava olhando para o comissário, ao ouvir a palavra "carro" passou a observar o teto.

– Que diferença faz? – perguntou, pouco depois.

– Faz uma enorme diferença. Se a senhorita tiver dito "carro" enquanto se encontrava num estado de semi-inconsciência, isso talvez signifique que reconheceu o carro parado, o do sequestrador. Que, seguramente, ele tinha roubado.

– Eu não conhecia aquele carro de jeito nenhum – disse Luigia, com firmeza.

– Entende de automóveis?

– Nem um pouco.

– Saberia pelo menos descrevê-lo, me dizer a cor...?

– Não prestei atenção, acredite.

Foi a esta altura que Montalbano fez a Luigia uma pergunta que ele não saberia explicar por que estava fazendo:

– Alguém lhe disse que o seu é o terceiro?

– O terceiro o quê?

– O terceiro caso de sequestro-relâmpago.

– Houve outros dois sequestros antes do meu?

O tom de quem não consegue acreditar naquilo que acaba de ouvir.

– Houve, só que as outras duas moças foram liberadas vestidas e sem ter sofrido nenhum tipo de violência. Ah, uma coisa que talvez não seja simples coincidência: as outras duas também trabalham em bancos.

Luigia fechou os olhos.

— Desculpe, mas fiquei cansada.

— Não vou incomodá-la mais — disse Montalbano, levantando-se. — E se por acaso se lembrar de algum detalhe do carro que o sequestrador roubou...

— Como pode ter tanta certeza de que se trata de um carro roubado?

— Porque, nos dois primeiros casos, o sequestrador usou um automóvel roubado que ele depois incendiou. Repito: se lhe vier à mente alguma coisa, me telefone para o comissariado.

E foi embora, pensando que a sra. Roscitano talvez tivesse razão e que Luigia havia mesmo dito "carro", e não "socorro".

Oito

— **A**h, dotor! Hoje às nove apareceu o sr. Pitruzzo que o qual disse que ia ter um encontramento com vossenhoria...

Montalbano deu um tapa na testa. Virduzzo! Que porcaria de memória! Tinha esquecido completamente a conversa que havia marcado com ele.

— Deixou algum recado?

— Nadinha, dotor. Ficou uma hora esperando na saleta e depois veio me dizer que não podia esperar mais.

— Paciência. Ele volta. Mande Fazio e o doutor Augello à minha sala.

O primeiro a entrar foi Fazio, a quem Augello já havia informado que Luigia tinha sido encontrada.

— Notícias de Di Carlo? — perguntou Montalbano.

— Nenhuma. Estou me informando sobre ele com diversas pessoas. Assim que eu tiver um quadro mais claro, transmito ao senhor.

O segundo foi Augello, que anunciou:

— Cheguei. Bom dia a todos, embora eu não tenha conseguido pregar olho.

— Sentem-se, e vamos conversar um pouco – disse Montalbano. – Fazio acaba de me informar que não há notícias de Di Carlo. E, como a garota pela qual ele está apaixonado não apareceu para dar queixa do desaparecimento, isso vem a significar das duas, uma: ou ela sabe onde ele se encontra, ou não está em condições de se movimentar livremente. Estão de acordo?

— De acordo – responderam Fazio e Augello.

— Portanto, precisamos absolutamente saber quem é essa moça, temos que dar a ela um nome e um sobrenome.

— Não é coisa fácil – disse Fazio.

— Mas temos um bom ponto de partida – respondeu o comissário. – Sabemos com certeza onde ela passou as férias. Em julho, estava em Tenerife, e em agosto, em Lanzarote. Quantas agências de viagens existem em Vigàta?

— Quatro – informou Fazio.

— Eu faria uma tentativa.

— Vou a todas hoje à tarde – disse Fazio.

— Tenho o pressentimento de que, com essas agências, não se descobrirá nada – interveio Augello.

— Por quê?

— Porque você está um pouco env... desatualizado, querido Salvo. Hoje em dia, faz-se tudo pela internet.

Era claro que ele quase havia dito "envelhecido" e tinha se corrigido bem a tempo.

Montalbano sentiu o golpe, mas disfarçou.

— Não importa, Fazio vai tentar mesmo assim. Agora, passemos aos sequestros-relâmpago. Hoje de manhã fui falar com Luigia Jacono no hospital. Mimì, lembra que Roscitano me contou que Luigia, quando a transportavam meio desmaiada para dentro de casa, disse "socorro", enquanto a mulher dele sustentava que a palavra era "carro"?

— Sim, lembro muito bem.

– Quando relatei isso a Luigia, ela declarou que não se lembrava de nada sobre o carro. E eu acho que não estava sendo sincera.

– Que motivos ela pode ter? – perguntou Augello.

– Não sei. E tem mais. Quando veio a saber por mim que o dela era o terceiro caso de sequestro, teve uma reação esquisita, ficou surpreendida como se esperasse ser a única.

– O que isso quer dizer? – estranhou Augello.

– Explico melhor. Em minha opinião, Luigia estava convencida de que tanto o sequestro quanto as trinta cutiladas superficiais constituíam um fato única e exclusivamente relativo a ela.

– Então, você acha que ela estava quase esperando o que lhe aconteceu? – continuou Augello.

– Exatamente. E isso significa que a mocinha tem o rabo preso.

– Espere aí – disse Augello. – Em outras palavras, segundo você, Luigia deve ter feito alguma coisa contra alguém, e estava esperando uma vingança por parte dessa pessoa?

– Posso estar enganado, mas creio que, se não foi isso, foi algo semelhante. Luigia não vai falar, tenho certeza. Portanto, cabe a você, Mimì, ficar em cima dela.

– Com todo o prazer – disse Augello.

– Mas não relaxe muito. Quanto antes conseguirmos prender esse sequestrador, melhor. Depois do que ele fez a Luigia Jacono, começo a ficar seriamente preocupado. Agora que sentiu o gosto do sangue, é possível que nos faça encontrar já morta a próxima sequestrada.

Caiu um silêncio pesado, que foi interrompido pelo telefone.

– Ah, dotor, acontece que estaria na linha o sr. Lo Curto que o qual deseja urgentissimamente falar em pessoa pess...

– Tudo bem.
– Doutor Montalbano?
– Pode falar, sr. Lo Curto.
– É Lo Curzio. Eu me chamo Alessandro Lo Curzio.

O comissário praguejou e enviou mentalmente a Catarella um pesado palavrão.

– Desculpe, estou ouvindo.
– Eu dirijo a filial vigatense do Banco de Trinacria e preciso me encontrar com o senhor o mais depressa possível.
– É assunto urgente?
– Urgentíssimo.

O comissário olhou o relógio. Dispunha de uma hora.

– Se o senhor quiser, pode vir agora.
– Obrigado. Dentro de quinze minutos, estarei aí.

Montalbano encerrou a reunião.

– Rapazes, ao trabalho. Nos vemos assim que tivermos alguma novidade.

Alessandro Lo Curzio passava um pouco dos quarenta. Alto, elegante, corpo malhado, perfumado, bronzeado e tinha um sorriso que, para encarar, você precisaria de óculos de sol.

Dava para ver que ele estava destinado à brilhante carreira de muitos dirigentes de hoje: rápida escalada, talvez vendendo a mãe pela melhor oferta, chegada ao topo, violentíssima queda na Bolsa da sociedade ou banco ou lá o que fosse, desaparecimento dos dirigentes, reaparecimento um ano depois em um posto mais importante.

– Venho também em nome do meu colega doutor Federico Molisano, diretor da filial local do Crédito Marítimo.
– O que deseja me dizer?
– Que tanto eu quanto Molisano temos um problema. Um grande problema, que pode se tornar enorme.

— Qual é?

— Temos três mulheres em nossa filial, e Molisano tem uma. Muito provavelmente, elas se falaram e concordaram entre si, o fato é que não querem mais vir trabalhar.

Montalbano compreendeu.

— Têm medo de ser sequestradas?

— Bem, sim. Certamente pensaram: já foram sequestradas uma do Banco Sículo, uma do Banco de Crédito e uma do Banco Cooperativo, e agora com certeza é a vez de uma de nós.

Ora veja, quantos bancos existiam em Vigàta! E o engraçado era que, quanto mais o lugar se tornava pobre e miserável, com fábricas fechadas, lojas falidas e desemprego nas alturas, mais aumentava o número de bancos. Como se explicava esse mistério?

— E a minha intervenção consistiria em quê?

— Fornecer às quatro mulheres uma escolta armada.

— Lamento, mas o senhor errou de endereço.

— Por quê?

— Sou apenas um comissário. Não é coisa que eu possa decidir. Ultrapassa as minhas competências.

— A quem eu deveria me dirigir?

— Ao doutor Tommaseo, o promotor que se ocupa dos sequestros. Pode encontrá-lo no Palácio de Justiça de Montelusa.

Lo Curzio se levantou, Montalbano também.

— Gostaria de saber uma coisa — disse o comissário. — Qual é a idade essas funcionárias?

— Uma tem vinte e quatro anos, as outras duas estão entre os quarenta e os cinquenta. A sra. Eugenia Speciale, que trabalha com Molisano, está perto da aposentadoria. Por que pergunta?

— As vítimas do sequestrador vão dos trinta aos quarenta. Portanto, dessas quatro mulheres, uma é jovem demais e as outras, muito avançadas em anos. Por isso, devem estar seguras.

Mas quem vai dizer a uma mulher que ela não tem nada a temer, considerando sua idade já não muito florescente?

Lo Curzio saiu e o telefone tocou.

– Ah, dotor, acontece que estaria na linha o sr. Urinale, que o qual deseja urgentissimamente...

– Como você disse que ele se chama?

– Urinale, dotor.

Nem por um cacete ele cairia desta vez na costumeira cilada de Catarella, o qual confundia os sobrenomes.

– Pode passar.

– Doutor Montalbano? Aqui é Giulio Uriale, diretor da filial vigatense do Banco Sículo. Tenho necessidade urgente de conferenciar com o senhor.

O comissário se agradou do verbo "conferenciar", de modo que respondeu num estilo à altura.

– Uma vez que o senhor esteja disponível, ser-lhe-ia adequado vir conferenciar às quinze e trinta?

– Agradeço-lhe por sua cortês solicitude.

O que o diretor podia querer?

O Banco Sículo já havia sofrido um sequestro, e portanto ele podia ficar suficientemente tranquilo, considerando que, a cada vez, o sequestrador mudava de banco.

Mas, pensou Montalbano, quando se trata de inventar encheções de saco para si mesmo, o ser humano tem uma imaginação que não conhece limites.

Assim que o comissário se sentou, Enzo foi até a mesa dele, inclinou-se e cochichou:

– Quando pegar aquele veado que se diverte sequestrando mulheres, o senhor me promete uma coisa?

– Qual?

– Deixá-lo em minhas mãos por cinco minutos?

— Não fale besteira — reprovou-o Montalbano.
— Sabia que minha sobrinha não consegue mais dormir?
— Nós vamos prendê-lo e ele vai pagar, pode ter certeza.

Almoçou frugalmente, dispensando os antepastos e comendo apenas o primeiro e o segundo pratos.
— Está se sentindo bem? — preocupou-se Enzo.
— Sim, mas é que preciso voltar cedo ao comissariado...
E realmente fez a caminhada até o quebra-mar, só que, tendo chegado embaixo do farol, em vez de se sentar no recife plano, virou-se e, de má vontade, retornou.

O diretor Uriale se apresentou com absoluta pontualidade. Era totalmente o contrário do seu colega Lo Curzio. Um sessentão vestido com propriedade, gentil nas maneiras e no modo de falar, dando a impressão de ser um homem no qual se podia ter confiança.
— Devo adiantar, doutor, que também estou aqui em nome de Guido Sammartino, do Banco de Crédito, e Mario Zecchi, do Banco Cooperativo. Eles me incumbiram de lhe expor nosso problema comum.
— Estou ouvindo.
— Desde quando uma televisão local informou o nome dos nossos três bancos, pelo fato de que três funcionárias nossas haviam sido vítimas de sequestro, começou-se a verificar um fenômeno que muito nos preocupa.
— Qual seria?
— Numerosos clientes fecharam as contas que mantinham conosco. E viemos a saber que, infelizmente, outros correntistas se dispõem a seguir esse exemplo.
— Por qual motivo?
— Porque se espalhou descontroladamente o boato de que, após os sequestros, haverá ações muitíssimo mais violentas, destinadas a deixar nossos bancos em grave dificuldade.

— Compreendo.

— No momento, as coisas estão assim. Mas tememos que se agravem, apesar de nossas tentativas de tranquilizar os clientes.

— O que desejam de mim?

— Antes de responder, devo dirigir-lhe uma pergunta preliminar, se me permite.

— Pode fazê-la.

— Em que direção se orientam suas investigações?

"Quem dera que eu soubesse!", pensou Montalbano. Porém, disse com voz firme:

— Em todas as direções.

Uriale pareceu decepcionado.

— Portanto, o senhor não exclui a possibilidade de que realmente se trate de uma ação contra os bancos?

— No estado atual das investigações, não posso excluir essa possibilidade. Ainda que, numa classificação teórica das hipóteses, a pista bancária não se encontre nos primeiríssimos lugares.

— Posso perguntar por quê?

— Antes, me diga cinco vilarejos ou cidades da província onde há filiais do Banco Sículo.

— Montelusa, Fiacca, Sicudiana, Montereale, Rivera.

— Sofreram sequestros de funcionárias?

— De modo algum.

— Agora me diga: se se tratasse de um ataque aos bancos, não acha que todas as filiais também deveriam ter sido afetadas?

— Sem dúvida.

— Então, me ouça: repita aos seus clientes isso que eu lhe disse. E, se eles realmente quiserem sair, aconselhe-os a transferir suas contas para a filial de Montelusa, que dista apenas seis quilômetros daqui.

Por pouco o diretor não se ajoelhou, com lágrimas nos olhos, para lhe beijar a mão.

Fazio reapareceu quando já eram seis horas. Parecia estar de saco cheio e desconsolado.

— Nada?

— Nada. Só dei tiros n'água. Nenhuma agência organizou viagens para as Canárias. Um dos caras me disse que no momento as Canárias estão fora do circuito, saíram de moda.

— E qual é a moda?

— A moda atual, sobretudo para os turistas que não são ricos, é ir à Grécia, para uma das muitas ilhas de lá, porque é possível curtir gastando pouco.

— Então devo dar razão a Augello, vê-se que as pessoas recorreram ao computador.

Mas Fazio tinha algo mais a dizer.

— Doutor, lembra que me pediu para tentar saber o que eu pudesse sobre Di Carlo?

— Claro.

— Todos no vilarejo dizem as mesmas coisas.

— Quais seriam?

— Em primeiro lugar, que é um grande mulherengo, larga uma e pega outra; e, em segundo, que está cheio de dívidas. Pede dinheiro a todo mundo, vai em frente fazendo dívidas para pagar dívidas. Ao que parece, pega emprestado até com as moças com as quais tem caso. Temos que dar um desconto nessas histórias, as pessoas exageram, mas que Di Carlo tem dívidas, e grandes, isso está fora de discussão.

— E naturalmente essas informações reforçam sua ideia de que foi ele mesmo quem tocou fogo na loja.

— Pois é, doutor. Dois e dois são quatro.

– Nem sempre. Só para dar um exemplo, a loja pode ter sido incendiada por algum agiota.
– É, também pode ser isso – admitiu Fazio.
O telefone tocou.
– Ah, dotor, aconteceria que ele diz que se chama Caravana o qual que quer falar...
– Mas está na linha ou aqui, pessoalmente?
– Em pessoa pessoalmente, dotor.
– Conhece um tal de Caravana? – perguntou Montalbano a Fazio.
– Não senhor.
Como dispunha de tempo a perder, mais valia...
– Pode passar.
Assim que o rapaz entrou, o comissário e Fazio o reconheceram imediatamente. Era Filippo Caruana, o balconista da loja de Di Carlo. Parecia bastante agitado.
– Desculpe se... mas...
– O que houve?
– Vinte minutos atrás, no máximo, eu vi o carro do sr. Di Carlo, o Porsche.
– Tem certeza de que era o dele?
– Absoluta.
– Onde o viu?
– Eu estava vindo de Montelusa e, em Villaseta, desviei para entrar na área urbana, queria falar com uma amiga, e naquela estrada, num trecho deserto e sem casas, estava o Porsche. Parei e desci. O carro estava trancado a chave e dentro não havia ninguém. Meu celular estava descarregado, então achei melhor vir chamar os senhores.
– Não vamos perder tempo – disse Montalbano.

Caruana corria tanto que Fazio teve dificuldade de segui-lo com seu carro.

Chegaram a Villaseta e pegaram uma estrada que levava ao campo. A certa altura, Caruana parou o veículo e desceu. Montalbano e Fazio fizeram o mesmo.

– Estava aqui – disse o rapaz, espantadíssimo.

Infelizmente, do Porsche não havia nem sombra.

– Chegamos tarde – comentou Fazio.

– Quando o senhor se aproximou do carro, conseguiu perceber se ele estava parado havia muito ou pouco tempo? – perguntou Montalbano ao rapaz.

O qual respondeu prontamente:

– O motor estava frio. Coloquei a mão no capô.

A casa mais próxima ficava a uns trezentos metros. Por escrúpulo, foram até lá.

Mas o camponês que a habitava, um sujeito mal-humorado que fedia a estábulo, jurou de pés juntos que não tinha visto passar nenhum carro como aquele que Caruana descrevia.

– Lamento ter feito os senhores perderem tanto tempo inutilmente – disse Caruana, despedindo-se.

– O senhor fez muitíssimo bem – respondeu o comissário. – E, se voltar a ver o carro, nos avise na mesma hora, não faça cerimônia.

– Provavelmente Di Carlo se esconde por estas bandas – comentou Fazio, no caminho de volta.

– E nós não podemos fazer nada – retrucou Montalbano. – Não há nenhuma acusação contra ele, e além disso a irmã ainda não quis prestar queixa do desaparecimento. Por isso, fique calmo.

Quando chegaram ao comissariado, Montalbano foi atazanado por Catarella.

– Ah, dotor, telefonou o sr. Pitruzzo que o qual queria saber se vossenhoria estava *in loco* e eu respondi que não estava. Depois ele queria saber se eu sabia se sabia quando que vossenhoria voltava *in loco* e eu disse que não sabia por motivo que não sabia.

– E ele disse o quê?

– Disse que visto e considerado que não consegue lhe falar em pessoa pessoalmente vai lhe escrever uma carta.

Visto e considerado que não havia mais o que fazer e que estava tarde, Montalbano se mandou para Marinella.

Para começar, quis ver o que Adelina havia preparado. Percebia-se que a empregada tinha sido tomada por um ímpeto de fantasia.

Uma bandeja de *antipasti di mari* suficientes para três pessoas e um pratão de camarões gigantes cozidos, puro mar condensado, a temperar com sal, azeite e limão.

A noite estava plácida. Montalbano arrumou a mesa na varanda e se entregou à comida. O telefone foi cortês, esperou que ele tivesse engolido o último pedaço de camarão antes de começar a tocar.

Seguramente, àquela hora, era Livia.

– Oi, amor – disse, assim que levou o fone ao ouvido.

– Aqui é Bonetti-Alderighi.

Caralho, era o senhor e chefe de polícia, e ele o havia chamado ternamente de amor! Ficou sem palavras.

– Perdoe-me se o incomodo em casa...

Mas como estava cortês, como estava gentil o chefe! Evidentemente, o efeito Macannuco se mantinha.

– Incômodo nenhum, pode falar.

– Montalbano, preciso que o senhor me conforte.

Devia confortá-lo?! Montalbano se aterrorizou. O que aquele sujeito queria? Ser ninado, talvez?!

Nove

Então imaginou a cena horrível: na meia-luz, ele sentado no sofá do escritório do chefe de polícia, acariciando a cabeça de Bonetti-Alderighi pousada em seu colo...

— Que me conforte com suas palavras — esclareceu o chefe.

Montalbano deu um grande suspiro de alívio. Com palavras, era totalmente diferente.

— Estou à sua disposição.

— Trata-se dos bancos. O senhor deve ter sabido que se espalhou um medo tolo entre os correntistas que...

— Sim, estou sabendo.

— Bom, esta noite a Televigàta transmitiu uma reportagem na qual o parlamentar Cucciato se lançou violentamente contra mim e contra o senhor, acusando-nos de não fazer nada para tranquilizar os correntistas e de não seguir a pista da sabotagem bancária. Creio que, estando as coisas assim, vou ser obrigado a fazer um pronunciamento oficial.

— Então faça.

— Mas, e procure me compreender, eu antes gostaria de ouvir o senhor dizer que está mais do que convicto, absolutamente convicto, de que os sequestros não têm nenhuma relação com os bancos.

O comissário não hesitou um instante sequer.

— Confirmo, não têm mesmo relação alguma.

— E está disposto inclusive a assumir a total responsabilidade pela sua afirmação?

O chefe queria se garantir, tirando o dele da reta. Caso a situação se complicasse, ele facilmente se defenderia fazendo o erro recair inteiramente sobre Montalbano.

— Claro.

— Sua convicção me encoraja, e eu lhe sou grato. Porque, veja bem, depois do surgimento daqueles panfletos...

De que panfletos Bonetti-Alderighi estava falando? Que novidade era essa? Melhor não o deixar perceber que ele não sabia de nada. Então não fez nenhum pedido de esclarecimento.

— ...em algumas caixas de correspondência, assinados por uma estranha organização contra os bancos, eu fiquei muito, mas muito preocupado. Agradeço-lhe de novo, e boa noite.

— Para o senhor também.

Desligado o telefone, Montalbano começou a xingar, enfurecido.

Por que havia sido tão seguro e decidido? Sem falar daquele corno do Bonetti-Alderighi, que só havia revelado a história dos panfletos depois que ele tinha se comprometido...

Sem dúvida, pela lógica, os bancos não tinham nada a ver com a história. Mas e se quem fazia os sequestros fosse um maluco, alguém que não estava nem aí para a lógica? E de fato ele mesmo não tinha recebido um telefonema de um desequilibrado que falava em nome de uma organização, como se chamava mesmo?, ah, OCAB, Organização Clandestina Antitrabalho Bancário?

Ao mesmo tempo, a raiva dele se dirigia contra si mesmo por outro motivo.

Pois é, estava se repetindo, pensou: você tem essas dúvidas, esses medos, porque está envelhecendo e a idade avançada leva embora a segurança e as certezas da juventude.

Mas de repente lhe ocorreu que dispunha da possibilidade de acalmar os correntistas dos bancos e de dar ao chefe um jeito de se safar.

Passou uma hora na varanda, considerando e reconsiderando a ideia que lhe havia ocorrido.

E chegou à conclusão de que convinha pôr em prática aquela ideia. Até porque, se fosse equivocada, não faria mal algum.

Depois, finalmente conseguiu falar com Livia e foi se deitar.

Dormiu bem, um sono sem interrupções, e às nove chegou fresquinho e descansado ao comissariado.

— Catarè, venha comigo que precisamos fazer um trabalho juntos.

Ao ouvir tais palavras, Catarella, rubro de felicidade, pulou fora do cubículo do telefone e se plantou como um cão ao lado do comissário.

Só faltava balançar a cauda.

Já na sala de Montalbano, paralisou-se em expectativa diante da escrivaninha, tão imóvel que parecia uma estátua.

— Catarella, de todos os telefonemas recebidos na noite que passamos aqui a pão e salame, temos o registro do número de quem ligava?

— Certamente, dotor.

— Então, vá verificar e depois me diga de qual número veio o telefonema recebido depois da chamada de Fazio.

— É pra já, dotor.

Montalbano não entendeu como Catarella havia feito. Num abrir e fechar de olhos, o agente estava de novo à sua frente, corado pela honra que lhe havia sido dada e estendendo a ele um papelzinho.

– O númaro tá escrevido aí.

O comissário teclou.

– Gabinete do chefe de polícia – atendeu uma voz.

Montalbano desligou imediatamente, como se o aparelho queimasse sua mão.

– Catarè, você me deu o número do chefe de polícia.

– Ai, minha Nossenhora! Eu errei! Vou correndo e volto.

Em poucos segundos, reapareceu trazendo outro papelzinho.

– Quem é? – perguntou uma voz masculina.

– Comissário Montalbano. Com quem estou falando?

– Aqui é o Bar da Estação.

Montalbano se decepcionou.

– Até que horas o bar fica aberto?

– Até uma da manhã.

Com que então, o telefonema do desequilibrado da OCAB havia sido feito daquele bar. Desequilibrado, sim, mas não cretino.

E agora? Veio-lhe então outra ideia.

– Catarè, preste muita atenção.

– Estou prestando, dotor.

– Chame, um a um, todos os cinco bancos de Vigàta, diga que eu quero falar com o diretor e me passe imediatamente a ligação, me dizendo antes com qual banco estou falando. Acha difícil?

– Não senhor, dotor, se eu caprichar eu consigo.

Dois minutos depois, o telefone tocou. Catarella agora ultrapassava a velocidade da luz.

— Dotor, é o Banco de Trédito.
— Alô? É o diretor do Banco de Crédito?
— Sim, doutor Montalbano, pode falar.
— Preciso de uma informação que permanecerá reservada.
— Qual?
— Quero saber se na filial local houve recentemente alguma demissão.
— Não que eu me lembre.

Em seguida, o mesmo diálogo se repetiu com o diretor do Banco Sículo e com o do Banco Cooperativo.

Mas o diretor do Crédito Marítimo deu uma resposta diferente.

— Sim. Infelizmente, quatro meses atrás eu precisei, infelizmente, repito, propor à direção geral não a demissão, mas o afastamento de um funcionário.

— Qual é a diferença?

— Ele não foi propriamente demitido; foi, como direi, convencido a pedir demissão.

— O que ele havia feito?

— Saiba que, enquanto suas estranhezas não se manifestaram, ele era um funcionário exemplar.

— Que tipo de estranhezas?

— Bem, um dia veio trabalhar de pijama, outro dia descalço, uma terceira vez com um enorme guarda-chuva verde que ele pretendia manter aberto sobre a escrivaninha, coisas assim. Eu, é claro, procurei o quanto pude minimizar essas condutas diante dos clientes... Até o dia em que ele recebeu completamente nu a sra. Bianchini. Ela gritou, desmaiou. Foi uma barafunda, compreende?

— Compreendo. Pode me dizer como ele se chama e quantos anos tem?

— Chama-se Arturo Sigonella e já passou dos cinquenta.

– Casado?
– Não. Vive sozinho.
– Parentes?
– Que eu saiba, não tem nenhum parente.
– Sabe onde mora?
– Não, mas, se o senhor puder esperar um minuto, posso perguntar a um colega dele, que de vez em quando vai visitá-lo.
– Eu gostaria de falar com esse colega, por favor.
Passado um minuto, uma voz disse:
– Alô, comissário? Aqui é Michele Ferla.
– Faz muito que não vai ver o sr. Sigonella?
– Comissário, de uns tempos para cá ele anda meio doido e me chama de bancário desprezível. Estive lá justamente ontem à noite, depois de uma semana sem vê-lo, mas estranhamente, e apesar da minha insistência, ele não quis abrir a porta para mim, e me disse e repetiu, com voz alterada, que não queria mais ter nada a ver comigo.
– Explicou o motivo?
– Não, apenas me disse com desdém: "Com você não falo mais, bancário!". E pensar que até pouco tempo atrás...
– Qual é o endereço dele? – cortou Montalbano.
O outro disse, o comissário anotou, agradeceu e disse a Catarella que não fizesse o último telefonema. Em seguida, foi à sala de Fazio.
– Venha comigo. Vamos no seu carro.

Ao longo do trajeto, contou a Fazio a ideia que lhe havia ocorrido. E também explicou a ele como deviam se comportar.

O Largo dei Mille era bem central. Fazio estacionou diante do prédio número 4. Era uma construção moderna. Sigonella morava no terceiro andar, no apartamento bem em frente ao elevador.

Fazio tocou a campainha ao lado da porta. Não houve resposta. Ele tocou de novo, apertando demoradamente o botão. E por fim se ouviu uma voz que dizia:

— Não adianta tocar, entendeu?

— Por quê? — perguntou o comissário.

— Porque não tem ninguém em casa.

Montalbano não se alterou.

— Sabe quando o sr. Sigonella volta?

— Se não tem ninguém, ninguém pode lhe responder.

Fazia todo o sentido, não havia o que dizer.

— Certo. Façamos o seguinte. Se por acaso ninguém o vir, ninguém lhe diga que vieram aqui dois cavalheiros que concordam com ele em tudo e por tudo, no que se refere à sua ação revolucionária, e gostariam de fazer parte da OCAB. Bom dia.

— Esperem, esperem! — disse a voz, apressada.

— Acertou, doutor! — sussurrou Fazio, com admiração.

Ouviu-se uma barulheira de chaves e trancas, e finalmente a porta se abriu.

O homem que apareceu era um cinquentão baixinho, mal-ajambrado, despenteado, com barba por fazer.

Montalbano se inclinou respeitosamente diante dele.

— O senhor é o chefe da OCAB?

Sigonella estufou o peito.

— Em pessoa — disse.

— Eu sou o contador Galasso e este é o topógrafo Pozzi.

— Fiquem à vontade.

A casa era como o dono: desarrumada e suja. No ambiente abafado pairava um fedor de mofo.

Depois de acender a luz, Sigonella os fez entrar numa sala empoeirada. A janela estava hermeticamente fechada, como, aliás, deviam estar todas as outras.

— Como me acharam? — perguntou.

Fazio olhou, preocupado, para o comissário. Será que este dispunha de uma mentira convincente? Ou melhor, convincente para um doido?

O comissário, porém, disse uma meia verdade.

– Achei que fosse o senhor, porque o senhor sofreu uma grave injustiça do banco onde trabalhou, com dedicação absoluta, por muitos anos seguidos. Uma injustiça que brada por vingança. E viemos nos colocar à sua total disposição.

– Chegaram bem na hora – declarou Sigonella.

Olhou ao redor, para conferir se havia espiões escondidos no aposento, e depois disse baixinho:

– Consegui imprimir em casa dois mil panfletos, mas é difícil distribuí-los sozinho. Compreendem? Tenho que pegar uns poucos a cada vez, metê-los no bolso, entrar numa portaria sem vigilância, enfiar um panfleto em cada caixa de correspondência...

– Nós podemos lhe dar uma mão, se o senhor concordar.

– Claro que concordo.

– Onde quer distribuí-los?

– Em Vigàta.

Montalbano balançou negativamente a cabeça.

– Errado.

– Por quê?

– Convém ampliar o campo de ação. Estender o protesto para fora de Vigàta, alcançar passo a passo as grandes cidades, chegar às capitais, Roma, Berlim, Londres...

Sigonella bateu palmas, entusiasmado. O comissário prosseguiu:

– Proponho começar a distribuição por Montelusa.

– Mas como? Eu não tenho carro! – protestou Sigonella.

– Nós temos. Não percamos tempo. Vamos pegar os panfletos e seguir para Montelusa!

Carregaram os panfletos e partiram. Mas, depois de dez minutos de estrada, precisaram parar porque havia um bloqueio dos *carabinieri*. Montalbano começou a suar frio. E se estivesse ali o mesmo cabo que o tinha detido poucos dias antes?

Olhou para Fazio, sentado ao seu lado, e Fazio compreendeu. Abriu a porta do carro, desceu e se dirigiu a um sargento.

Enquanto isso, o comissário distraía Sigonella.

– Estamos correndo um grave perigo. Se os *carabinieri* descobrirem os panfletos, estamos perdidos. Mantenha-se calmo, por favor!

O resultado foi que Sigonella começou a tremer de pânico. Por sorte, Fazio voltou.

– Tudo certo – disse.

Uns vinte minutos depois, o carro de Fazio entrava no pátio da chefatura.

– Onde estamos? – perguntou Sigonella.

Montalbano sentiu uma enorme pena do coitadinho. Mas devia continuar com aquele teatro. Fez uma cara de mistério.

– Não faça perguntas. Desça e vá com o topógrafo Pozzi, que lhe apresentará outros amigos.

Sigonella, embasbacado, obedeceu.

– Mas é ele o sequestrador? – perguntou o chefe de polícia.

– Que nada! Sigonella não é capaz de sequestrar nem mesmo uma formiga! É o pobre de um maluco que, tendo ouvido na televisão que as três moças sequestradas trabalhavam em três bancos diferentes, ficou exaltado, inventou a OCAB e andou espalhando uns panfletos impressos em casa. Deve ser tratado como o infeliz doente mental que é. Mas o senhor poderá usar a detenção dele para declarar que a história dos bancos não passa de uma bolha de sabão.

– Desculpe, Montalbano, mas e se depois aparecer um quarto sequestro de uma bancária, o que acontece?
– O senhor é religioso?
– Sim.
– Então, faça uma novena a Nossa Senhora para que isso não ocorra.

– Ah, dotor, voltou?
– Voltei. O que temos?
– Temos que o dotor Augello me disse pra dizer a ele urgente urgentissimamente que vossenhoria tinha voltado assim que voltasse e já que vossenhoria me disse que voltou...
– Pode dizer – cortou Montalbano. Em seguida, virou-se para Fazio: – Venha você também.
Mimì se apresentou imediatamente.
– Algum progresso?
– Sim – respondeu Mimì. E bocejou.
– Não dormiu esta noite?
– Pouco.
Novo bocejo.
– Mimì, talvez seja melhor você ir dormir mais um pouquinho.
– Não, não, é que ontem à noite eu levei uma moça para jantar, e varamos a madrugada.
– Mimì, não tenho tempo pra ficar ouvindo o relato de seus casos amorosos.
– Mas o meu é um relato de serviço.
– Então fale, e tente não bocejar – retrucou Montalbano, bocejando. – Viu? O bocejo é contagioso.
– A moça em questão se chama Anna Bonifacio. Tive um caso com ela, quatro anos atrás.

— Não diga! — exclamou o comissário.

Augello não passou recibo.

— Ontem à noite liguei pra ela, convidei-a, ela se fez de difícil mas acabou aceitando.

— O que essa Bonifacio faz?

— Foi essa a minha sacada genial. Trabalha no mesmo banco de Luigia Jacono.

Montalbano e Fazio aguçaram os ouvidos.

— O que ela lhe contou?

— Vou resumir. Ela me disse duas coisas que parecem importantes. A primeira é a seguinte: no feriado de primeiro de maio último, Anna foi a Taormina com um amigo. Lá, em certo momento, avistou um casal se beijando apaixonadamente dentro de um carro de luxo. Depois os dois desceram e Anna, com extrema surpresa, reconheceu Luigia. E também reconheceu o homem, porque era um cliente do banco. Sabem quem era esse homem?

— Marcello Di Carlo — disse Montalbano.

Mimì se aborreceu, porque o comissário havia arruinado seu efeito surpresa.

— Bom, se você sabe tudo, eu não conto mais nada — reagiu, irritado, fechando a cara.

Montalbano tentou consertar, não tinha sido de propósito, aquele nome havia lhe ocorrido espontaneamente.

— Ora, Mimì, não seja infantil. Não sei de nada, juro a você que falei sem pensar.

— Com que então, o último caso que ele teve antes da garota de Lanzarote foi com Luigia? — interveio Fazio.

— É o que parece — disse Augello. — E tem uma continuação. Mas, antes de contar, preciso ter absoluta certeza de que o aqui presente comissário Montalbano, o deus dos comissários, não sabe qual é, do contrário me mantenho em silêncio e ele toma a palavra.

— Mimì, não seja chato! Tenho que lhe declarar por escrito que você está me contando novidades?

— Tudo bem. Prosseguindo. Em meados de junho, a conta corrente que Di Carlo mantinha no banco foi bloqueada pela justiça a pedido de um credor. O banco avisou a Di Carlo, que nem sequer reclamou. Uma semana depois, a conta foi desbloqueada.

— Vê-se que ele tinha conseguido o dinheiro para saldar a dívida — comentou Fazio.

— Me deixe continuar! — impacientou-se Augello. — Naturalmente, o nome do credor não foi revelado. Mas Anna, casualmente, veio a saber. Quem tinha bloqueado a conta havia sido Luigia Jacono.

Desta vez, Mimì obteve o efeito surpresa desejado. Por um momento, Fazio e o comissário ficaram sem fôlego. Afinal, este último comentou:

— E isso explica a atitude da moça quando conversamos no hospital. Tive a impressão de que estava convencida de que o sequestro e as sevícias haviam acontecido somente a ela, e por uma razão que ela conhecia. Mas agora nós também a conhecemos. Luigia pensou que se tratava de uma vingança, ainda que atrasada, por parte de Di Carlo. Cometida não por ele, em pessoa, mas por um encarregado. O que nos leva a dar um passo à frente, que no entanto complica bastante as coisas.

— Ou seja? — perguntou Mimì.

— Ou seja, Luigia reconheceu no carro parado o Porsche Cayenne de Di Carlo.

— Mas por que não acelerou e fugiu?

— Porque o sequestrador pode ter se plantado na frente do Polo, e Luigia não teve coragem de atropelá-lo.

– Um momento – disse Fazio. – Se as coisas tiverem sido assim, significaria que os dois sequestros anteriores foram ordenados por Di Carlo, mas usando um carro roubado? E com qual objetivo?

O argumento trazido por Fazio não era desprezível. E, de fato, Montalbano preferiu não responder.

Dez

— Mas podemos levantar uma hipótese completamente diferente – interveio Augello. – Ou seja, que são dois sequestradores. O primeiro atua usando um carro roubado. Esses dois sequestros dão a Di Carlo a ideia de se vingar de Luigia sequestrando-a. Assim, todos somos levados a pensar que se trata de um terceiro sequestro pelo mesmo autor, ao passo que é um caso completamente à parte. E, já que não pode agir pessoalmente, Di Carlo encarrega um cúmplice de fazê-lo, entregando a este seu carro.

— Posso arriscar uma outra hipótese? – perguntou Montalbano.

— Qual seria? – quis saber Mimì.

— Seria que o sequestrador é sempre o mesmo, a mudança é que agora ele adota o carro de Di Carlo, que está em suas mãos, ou porque ele o roubou ou porque Di Carlo não pode se servir do veículo. De fato, nas atuais circunstâncias Di Carlo está inencontrável, ou porque deseja enganar a seguradora ou porque não pode se movimentar livremente.

Fazio, confuso, segurou a cabeça entre as mãos.

– Estamos dentro de um labirinto – comentou.

– Mas devemos sair dele sem desanimar, ainda que muitas tentativas não resultem em nada – disse Montalbano. Em seguida, virou-se para o agente: – Procure saber se Luigia ainda está no hospital.

Fazio telefonou.

– Sim. Vai ter alta amanhã de manhã.

– Vou interrogá-la hoje à tarde. Fazio, esteja aqui às três e meia, vamos no meu carro. Bom apetite.

Na trattoria, mais uma vez quis fazer um almoço leve. Enzo, porém, ficou preocupado.

– Está se sentindo bem, doutor?

– Estou bem, não se preocupe. É uma coisa passageira. Logo vou me recuperar.

Como dispunha de pouco tempo, fez a caminhada até o quebra-mar em passo de marcha.

Às três e meia, partiu para Montelusa com Fazio, que havia trazido uma pasta de executivo.

– O que você tem nessa pasta? – perguntou o comissário.

– O necessário para registrar o depoimento.

– Você não deve registrar nada.

– Devo fazer teatro com vossenhoria?

– Não deve fazer teatro.

– Devo servir de testemunha?

– Não.

– Então, o senhor precisa de mim pra quê?

– Para evitar que eu me perca dentro do hospital.

Fazio olhou para ele, intrigado.

Quando entrou no quarto com Fazio, Montalbano teve a impressão de que Luigia não se surpreendeu. Evidentemente, esperava aquela visita.

Tinha se recuperado, estava com uma boa cor, mas acima de tudo não parecia nem um pouco agitada.

O comissário se sentou na cadeira ao pé do leito, Fazio permaneceu de pé.

– Como se sente hoje?

– Muito melhor, obrigada. Eles disseram que amanhã de manhã vou poder voltar para casa, finalmente.

– Seu pai está bem?

– Sim, principalmente depois que conversamos por telefone. Não falei do sequestro, ele ficaria transtornado. Inventei um leve acidente de automóvel.

Montalbano dispunha de dois caminhos para proceder num interrogatório: ou ir dando voltas, aproximando-se devagarinho daquilo que mais lhe interessava, ou entrar logo no assunto, com perguntas que deixavam em dificuldade a pessoa interrogada.

Com Luigia, decidiu tomar o segundo caminho. A moça, no encontro anterior, tinha se demonstrado um osso bastante duro de roer.

– Quanto influiu em sua melhora o fato de saber que seu sequestro não era o único, mas o terceiro de uma série?

– Por que deveria influir?

Ela tinha aparado o golpe com prontidão. E Montalbano se agradou da moça.

Com ela, era como num duelo de esgrima: Luigia sabia estar à altura dele, mas sem exagerar.

– A senhorita é muito inteligente e compreende as coisas no ar.

– Obrigada.

— Mas com frequência finge não compreender. Vou lhe falar com extrema franqueza, para evitar equívocos ou incompreensões. E estabeleço uma premissa: nossa conversa é reservada e pessoal, destinada a permanecer assim porque não será registrada. Fui claro?

— Foi.

— A senhorita precisa apenas responder com sinceridade às minhas perguntas. Concorda?

— Concordo.

Ela respondeu em tom firme, o discurso do comissário a tinha convencido.

— No período que vai mais ou menos de abril ao início de junho deste ano, a senhorita namorou Marcello Di Carlo?

O rosto da jovem, que não esperava uma pergunta tão direta e detalhada, primeiro empalideceu e depois virou uma labareda. Ela não respondeu.

— Luigia, a senhorita não tem motivo algum para se envergonhar. Infelizmente, contra minha vontade, mas por dever de ofício, vou precisar lhe fazer outras perguntas desse tipo. Por favor, me responda.

A resposta foi apenas um sopro.

— Sim.

— Di Carlo lhe pediu um empréstimo?

— Sim.

— Quanto?

— Cinquenta mil euros.

— A senhorita o concedeu?

— Sim. — Ia acrescentando alguma coisa, mas se deteve, indecisa. Depois tomou coragem e se decidiu: — Ele me suplicou com lágrimas nos olhos.

— Por acaso lembra quando ele lhe comunicou a intenção de romper o relacionamento?

– Em 5 de junho. Não é fácil esquecer aquela data.
– O que ele lhe disse?
– Que estava apaixonado por outra.
– Falou o nome dela?
– Não.
– A senhorita conseguiu descobrir?
– Não.
– Até hoje, não sabe quem é essa outra mulher?
– Não sei e não me importa.
– Quando Di Carlo lhe disse que o namoro estava terminado, como a senhorita reagiu? Aceitou passivamente ou...

A moça quase cobriu o rosto com o lençol, por um ímpeto repentino de vergonha.

– Reagi mal. Fui mesquinha, sovina.
– Conte o que fez.
– Morro de vergonha.

Montalbano resolveu ajudá-la.

– Cobrou o dinheiro que havia emprestado a ele?
– Sim.
– E Di Carlo?
– Respondeu que não podia pagar.
– Então a senhorita mandou bloquear a conta corrente dele?
– Sim. Eu tinha a cópia da transferência bancária que comprovava o empréstimo. Recorri a um juiz amigo. Mas na conta dele só havia trinta mil euros. Poucos dias depois, no entanto, recebi do Crédito Marítimo uma transferência de cinquenta mil euros, e a conta dele foi desbloqueada.
– Passemos ao sequestro. O carro parado com o capô aberto era o Porsche Cayenne de Marcello Di Carlo?
– Sim.

— Considerando que era lógico temer uma possível reação por parte de Di Carlo, por que a senhorita parou?

— Mas naquele momento eu não pensei numa reação violenta de Marcel... de Di Carlo!

— Por quê?

— Porque havia se passado bastante tempo e, como direi?, eu não o acreditava, e não acredito, capaz de algo assim.

— Qual era a altura do homem que a sequestrou?

— Creio que quase um metro e oitenta.

— E a altura de Di Carlo?

Luigia o encarou, espantada.

— Por que o senhor me faz essa pergunta? Ainda não conseguiu localizá-lo?

— Ele está desaparecido. Responda à minha pergunta.

— Pouco mais de um metro e setenta.

— A senhorita já me disse que o sequestrador era um homem maduro.

— Sim.

— Então, percebeu de imediato que aquele homem não era Di Carlo?

— Sem dúvida.

— Ele suava?

— Sim. Tinha um odor desagradável.

— Na outra vez, a senhorita me disse que ele se comunicou sem abrir a boca. Confirma?

— Sim.

— Di Carlo costumava emprestar o carro?

— Não, ele era muito ciumento com o Porsche. Só abria exceção para seu amigo Giorgio Bonfiglio.

— A senhorita conhece bem Bonfiglio?

— Se você anda com Di Carlo, infelizmente é inevitável conhecer Bonfiglio.

— Por que infelizmente?
— Não gosto dele.
— Algum motivo em especial?
Antes de falar, Luigia respirou fundo.
— Na tarde de 5 de junho, depois que saí do banco, fui à casa de Marcello, onde ele estaria me esperando. Só que quem estava era Bonfiglio. Que avançou o sinal, tentando me agarrar. Mais de uma hora depois, Marcello chegou e Bonfiglio foi embora. Logo em seguida, Marcello me disse que queria me deixar. Então, tive internamente a certeza de que os dois estavam combinados. Se o plano funcionasse bem, Marcello, me surpreendendo nos braços de Bonfiglio, faria uma cena, me chamando de puta. E teria um motivo para adiar a restituição do empréstimo.
— Que tipo de convivência a senhorita teve com Bonfiglio?
— Tirando aquela tarde, eu sempre o encontrei na presença de Marcello. Frequentemente íamos jantar juntos.
— Bonfiglio ia sozinho?
— Não, ia com uma moça da minha idade, muito bonita, Silvana.
— Sabe o sobrenome dela?
— Não. Bonfiglio nos apresentou dizendo que ela era sua namorada. Mas, nos dois últimos jantares, Silvana não estava.
— Esses dois jantares aconteceram no início de junho?
— Sim. Como não a vi, pedi notícias a Bonfiglio, mas nas duas vezes ele me respondeu com evasivas.
— Di Carlo perguntou por Silvana a Bonfiglio?
— Na minha presença, não.
— Sabe me dizer algo mais sobre essa Silvana?
— Era uma moça linda. Tinha cabelos muito longos, e me lembro de uma grande mecha violeta. Falava pouco de si. Trabalhava no escritório de um contador, mas posso estar enganada.

— Agora reflita bem. Considerando o que me disse sobre a cumplicidade entre Di Carlo e Bonfiglio, e o fato de que Di Carlo só emprestava o carro a ele, quando a senhorita viu que quem estava ao lado do Porsche não era Di Carlo, mas sim um outro homem, quem lhe ocorreu que podia ser?

Luigia respondeu à pergunta, mas de um modo que o comissário não esperava.

— O nome que o senhor gostaria de me ouvir pronunciar, porque indiretamente o sugeriu, eu não vou dizer.

— Por qual motivo?

— Porque não tenho certeza absoluta.

— Mas, ainda que por um instante, achou que podia ser aquela pessoa?

— Sim.

— Somente pelo fato de que ele estava mexendo no motor do Porsche?

— Não. Também pela altura, o jeito de andar...

— E sua incerteza se deve a quê?

— Comissário, aquele homem, para aplicar o tampão no meu rosto, precisou me agarrar por trás. Mas fez apenas os movimentos indispensáveis. Estou mais do que convencida de que Bonfiglio não se comportaria tão comedidamente. E, sem dúvida nenhuma, teria se aproveitado de mim, quando eu estava sem sentidos.

— Obrigado por sua cortesia. Seu depoimento foi precioso — afirmou Montalbano, levantando-se.

— Tive excelente impressão dessa Luigia — declarou Fazio, quando retornavam a Vigàta. — Diz somente as coisas de que tem certeza. Não se deixa levar pela fantasia.

— Você está me dizendo, com uma boa dose de vaselina, que Luigia nunca admitirá oficialmente que o homem que a sequestrou podia ser Bonfiglio?

— Bom, sim. Mas vossenhoria pensa isso seriamente? Depois de todo esse tempo?

— Nem sempre os homens seguem o tempo, a lógica, e por outro lado muitas coisas estão contra ele. O fato de que Di Carlo lhe emprestava o carro, o fato de o sequestrador ser um homem maduro, com um metro e oitenta de altura, e o de não ter dito uma só palavra a Luigia porque podia ser reconhecido pela voz... Outra coisa: ele sequestra Luigia para fazer um favor a Di Carlo, com quem é unha e carne, mas talvez tenha também uma motivação pessoal, ou seja, se vingar da garota que não deu pra ele.

— Nesse caso, como diz Luigia, deveria tê-la violentado.

— Não esqueça o que Augello nos disse sobre Bonfiglio: é um jogador de pôquer, sabe blefar. Se a violentasse, nos daria uma boa carta para chegarmos diretamente a ele.

— Como devemos proceder?

— Interrogá-lo sobre o sequestro seria um erro. Convoque-o para amanhã de manhã, às nove e meia, e, se ele perguntar por quê, diga que precisamos saber mais coisas sobre Di Carlo.

— Tudo bem.

Montalbano ficou pensativo um tempinho. Depois perguntou:

— Por acaso você conhece alguém no Crédito Marítimo?

— Não senhor, mas posso conseguir.

— Eu gostaria de saber quem transferiu cinquenta mil euros para a conta de Luigia Jacono, na primeira quinzena de junho.

— Me explique uma coisa. Na opinião de vossenhoria, Di Carlo encarregou Bonfiglio de fazer o sequestro de um jeito que nos levasse a acreditar que esse era o terceiro da série?

— Atualmente, é o que me parece.

— Ou seja, continuamos com o problema de descobrir o autor dos dois primeiros sequestros?

— Infelizmente, sim.

Depois que traçou na varanda a *pasta 'ncasciata* e os salmonetes com molho especial de Adelina, tirou a mesa e em seguida ligou para Livia, que lhe perguntou a quantas andava a investigação sobre os sequestros. Montalbano atualizou-a, contando inclusive os detalhes. O comentário de Livia o pegou de surpresa.

— Não lhe parece um tanto enrolada a conclusão à qual você chegou? Na minha opinião, o terceiro sequestro também é obra da pessoa que fez os dois primeiros.

— Mas Livia...

— Veja bem, Salvo, foi você quem me contou que o terceiro sequestro foi praticado com a mesma técnica dos dois primeiros.

— E daí?

— Daí que, se você não revelou publicamente essa técnica, de que jeito Di Carlo e Bonfiglio tomaram conhecimento dela? E, aqui, só existe uma resposta.

— Qual seria?

— Que Di Carlo e Bonfiglio seriam os autores dos dois sequestros precedentes. E com qual objetivo eles teriam feito isso?

Montalbano ficou mudo por um tempinho, considerando as palavras de Livia. Então respondeu:

— Bem, poderia haver um objetivo.

— Qual?

— Turvar as águas, nos induzindo a uma pista falsa.

— Não entendi.

— Em vez de sequestrar Luigia logo de início, eles, para afastar as suspeitas, pegam duas moças aleatoriamente, a fim de criar a figura de um misterioso sequestrador serial que, na realidade, não existe. Aliás, um plano tão engenhoso se encaixaria na mentalidade de Bonfiglio.

Desta vez, Livia pareceu mais persuadida. Ainda conversaram um tempinho e depois se deram boa-noite. Montalbano continuou na varanda por uma hora, pensando em como proceder com Bonfiglio.

Quando foi se deitar, passava um pouco da meia-noite.

E bem fez ele em não perder horas de sono assistindo a algum filme na televisão, como costumava fazer, porque, quando um telefonema o acordou, ainda faltavam poucos minutos para as seis.

Uma chamada àquela hora só podia significar uma coisa.

Tanto que, anos antes, ele havia cunhado um provérbio, ou lá o que fosse, para uso e consumo exclusivamente pessoais: *"Telefonema de madrugada, ou é furto ou morte matada"*.

– Dotor, o que vossenhoria tava fazendo? Dormindo?

A pergunta foi feita com voz temerosa.

– Não, Catarè, estava jogando pingue-pongue.

A resposta lhe saíra em tom resmunguento e grosseiro, mas ele não tinha calculado que, para Catarella, era muito natural que alguém jogasse pingue-pongue às seis da manhã.

– Me desculpe por pretrubar a partida.

– Não se preocupe, eu estava jogando sozinho.

– Nossenhora, mas vossenhoria é bom mesmo, dotor! Como é que faz?

– Corro de um lado pra outro da mesa, enquanto a bola está no ar. O que você queria me dizer?

– Que Gallo está indo pegar vossenhoria.

Montalbano desligou sem pedir explicações.

Gallo levaria dez minutos de Vigàta a Marinella, portanto ele dispunha de pouco tempo.

Tomou uma chuveirada, fez a barba, vestiu-se, bebeu o café aceleradamente, movimentando-se como numa comédia de cinema mudo. Gallo só precisou esperar cinco minutos.

O comissário mal teve tempo de entrar no carro e Gallo já partia como um raio, ligando a sirene.

– Desligue esta porcaria.

Gallo obedeceu de má vontade.

– Você sabe o que aconteceu?

– Sim, parece que encontraram um morto. Fazio já foi para o local.

Gallo pegou a estrada que levava até o campo situado atrás do vilarejo.

Ali não havia um só palmo de terra que não fosse cultivado, mas, além das casinhas de agricultores, existiam também moradias de pessoas que trabalhavam na área urbana.

Tratava-se de moradias totalmente ilegais, porque o terreno não era edificável.

E essa era a razão pela qual frequentemente se viam obras deixadas pela metade: volta e meia a administração municipal interditava as construções porque o proprietário não fora suficientemente inteligente e esperto para, antes de mais nada, molhar a mão do pessoal da prefeitura.

E foi justamente ao lado de uma dessas moradias, totalmente construída mas sem reboco, e com a porta e as janelas ainda por instalar, que o comissário viu o automóvel de Fazio.

Ao lado deste, havia outro veículo.

Gallo parou, Montalbano desceu.

O ar estava gostoso, fresco e limpo, e a manhã se anunciava conciliadora e pacífica.

Da abertura que um dia viria a ser uma porta, saiu Fazio acompanhado de um homem, um cinquentão bem-vestido, baixinho, gorducho, de óculos, cara rosada, pouca barba.

Se usasse batina, seria um perfeito exemplar de padre.

Fazio fez as apresentações.

Resultou que o homenzinho era o advogado Angelo Rizzo. Tinha sido ele a descobrir o cadáver e a telefonar para o comissariado.

Onze

— O senhor mora por estas bandas?

Era uma pergunta lógica, natural, que, no entanto, produziu o efeito de provocar um certo nervosismo no advogado, o qual de repente começou a saltitar sobre os pezinhos.

Parecia um boneco de corda.

— Bem, não... porém... eu moro na avenida Matteotti.

A avenida Matteotti era uma artéria central de Vigàta. Não tinha nada a ver com o lugar onde se encontravam.

— Queira desculpar, mas por que estava de manhã tão cedo nesta parte do município?

O saltitar se tornou quase frenético.

— Na verdade... pois é... há uma explicação... como não?... Bem, eu estava voltando de Palermo...

Montalbano não largou o osso:

— Mas, para quem vem de Palermo, esta estrada não...

— Sim, claro, a estrada não... mas veja bem, ontem à noite, quando voltava de Palermo, eu telefonei, assim, só mesmo para conversar, a uma amiga minha que mora por aqui e então... ela me disse que havia sido abandonada pelo marido e estava precisando de um ombro amigo... pois é... então eu avisei à minha esposa que só chegaria pela manhã, e assim...

Montalbano decidiu ser pérfido:

— E assim, o quê?

O advogado Rizzo começou a transpirar.

— E assim... uma coisa puxa outra...

O comissário deixou pra lá.

— Entendi.

O advogado aproximou a tal ponto sua cara do rosto do comissário que Montalbano temeu que quisesse beijá-lo.

— Sabe, eu sou muito conhecido, tenho uma posição... se se pudesse evitar que meu nome...

— Farei o possível. Por que o senhor entrou nesta casa?

Desta vez, deu no advogado um tique repentino, o de esticar o pescoço e, num arranco, dobrá-lo para a esquerda.

— Percebi que havia me esquecido de vestir de novo a... como direi... a cueca. Não podia voltar para casa e me despir... se por acaso minha mulher... como eu poderia explicar a ela?... então tirei uma da mala, desci do carro...

— Por que não a vestiu dentro do carro mesmo?

— Eu tentei, mas ficou muito difícil... aí desci e entrei no primeiro aposento da casa, mas, para me sentir mais à vontade, fui adiante e então vi o... a múmia.

Múmia?

Montalbano, perplexo, olhou para Fazio.

— Sim, porque o corpo todo está envolto... o senhor mesmo vai ver — disse este. E acrescentou: — Já chamei todo mundo.

— Pronto... se eu pudesse ir embora antes que... — interveio o advogado.

— Tenho o endereço e o telefone dele — informou Fazio.

— Então pode ir.

— Obrigado, obrigado — disse o advogado, fazendo uma série de reverências diante do comissário.

Em seguida saiu praticamente fugindo: entrou no carro, ligou o motor e partiu acelerado.

— Vamos entrar? — perguntou Fazio.

Entraram.

O primeiro aposento ainda não tinha os ladrilhos do piso, mas em compensação caminhava-se sobre uma camada de jornais, trapos, preservativos usados, seringas, caixinhas abertas, restos de pizza, garrafas vazias de água e de cerveja, poças de urina...

O segundo aposento não era muito diferente do primeiro, só que, mais para o fundo, havia uma espécie de pacote de celofane, mais comprido do que largo.

De perto entrevia-se, através do celofane, o rosto e o corpo nu de um homem.

— Sabe lá faz quanto tempo este cadáver se encontra aqui, e ninguém se dignou a nos avisar — comentou Fazio.

— Por que você se espanta? — replicou o comissário. — Neste verão mesmo, vi na televisão um morto numa praia e as pessoas, ali ao lado, tomando banho de mar, indiferentes. Não há mais respeito pela vida, e você quer que haja respeito pela morte?

Já que ali dentro não tinham o que fazer, voltaram ao ar livre. O comissário acendeu um cigarro e, pacientemente, esperou o circo itinerante.

O primeiro a chegar foi o médico-legista, o dr. Pasquano, que, com seu automóvel, precedia o rabecão no qual vinham dois maqueiros do necrotério.

Pasquano desceu do carro xingando em voz alta, bateu a porta e não cumprimentou ninguém.

— Por acaso perdeu no pôquer ontem à noite, doutor? — ironizou Montalbano.

— Não venha me encher o saco logo de manhã cedo. É bastante arriscado para o senhor. Cadê o tal morto?

— Venha comigo — disse Fazio.

Reapareceram lá fora uns dez minutos depois. Pasquano abriu seu carro, entrou e fechou a porta. Sinal de que não queria ninguém por perto.

— O que ele disse? — perguntou o comissário a Fazio.

— Nada. Não abriu a boca.

Montalbano se aproximou do automóvel de Pasquano e bateu no vidro. O doutor o abaixou.

— Que merda o senhor quer?

— Doutor, sua requintada cortesia sempre me comove às lágrimas.

— Ah, agora resolveu me puxar o saco? Certo. O que deseja saber, meu caro e infelizmente um tanto envelhecido amigo?

Montalbano não devolveu a alfinetada sobre a velhice.

— O que o senhor achou?

— Pacote muito bem confeccionado.

— E afora a confecção?

— Pelo pouco que consegui ver, a morte aconteceu alguns dias atrás, não se trata de um cadáver fresco.

— Conseguiu perceber se se trata de morte natural ou morte violenta?

— Se tivesse decidido mandar fazer uns óculos, como lhe aconselho há muito tempo, o senhor teria percebido que o cadáver apresenta um belo furo abaixo do gogó.

— Provocado pelo quê?

— Eu acho, mas ainda é somente uma impressão, que é o buraco de saída de um projétil.

Montalbano fechou a cara.

— Então, se é um buraco de saída, ele teria sido morto com um tiro na nuca?

— Vejo, com prazer, que uma mínima parte do seu cérebro ainda funciona. E agora desapareça daqui, já me aborreceu demais.

E levantou o vidro. Montalbano foi contar a Fazio o que Pasquano lhe havia dito.

Fazio ficou pensativo.

— Um assassinato desse tipo é a cara da máfia — concluiu, por fim. — Mas é a primeira vez que a máfia empacota alguém depois de liquidá-lo. Que necessidade eles tinham de embrulhar o corpo?

— Também pra mim essa hipótese não bate — disse o comissário. — Me esclareça uma coisa. Você percebeu que o cadáver tem um furo na parte baixa da garganta?

— Não senhor — respondeu Fazio.

Montalbano deu um suspiro de alívio. Tudo certo, ainda não precisava de óculos. Pasquano havia notado o ferimento porque tinha o olho habituado a isso.

Caiu um silêncio. Afinal, Fazio disse:

— Se realmente for um assassinato de máfia, então esse cadáver poderia ser...

— ...de Di Carlo? — concluiu Montalbano.

— É uma hipótese razoável.

— Eu também penso assim. Só que, como você, não entendo a necessidade de encaderná-lo.

Olhou o relógio. Entre uma coisa e outra, já eram oito e alguns minutos. Ele podia ir embora deixando Fazio ali, mas queria saber da Perícia uma certa coisa.

— Telefone a Bonfiglio e transfira para as onze horas o encontro que marquei com ele.

Fazio obedeceu, mas depois, sempre com o celular grudado ao ouvido, informou:

— Bonfiglio pede desculpas, mas solicita que o senhor adie a conversa para amanhã, no mesmo horário.
— Tudo bem.
E finalmente chegou a Perícia, com dois carros cheios de homens e equipamentos. O chefe era um cara que Montalbano não conhecia.
— Quem é?
— Briguglio — respondeu Fazio. — Um vice-comissário.
— Como é ele?
— Tratável.
Briguglio se apresentou, Fazio guiou a comitiva para dentro da casa.
O comissário precisou esperar meia hora até Fazio reaparecer e relatar:
— Segundo Briguglio, o cadáver foi trazido para cá faz quatro dias.
— Como ele conseguiu estabelecer isso?
— Porque no chão, embaixo do morto, havia uma folha de jornal com data de cinco dias atrás.
Era justamente isso que Montalbano queria saber.
— E do promotor Tommaseo, alguma notícia?
— Não senhor. Pra variar, deve ter batido num poste, ou então se estrumbicou dentro de uma vala.
Tommaseo, como sabiam todos, dirigia pior do que um drogado sonâmbulo.
— Quer saber? Estou de saco cheio. Vou pedir a Gallo que me leve para o comissariado.

Embora Gallo tivesse dedicado o máximo esforço à tentativa de fazer a viatura decolar, quando chegaram ao comissariado já passava das nove.
— O doutor Augello está aí?

— Tava, mas recebeu um tilifonema e saiu.
— Sabe para onde foi?
— Sei não, dotor.
— Quando ele voltar, diga para ir à minha sala.

Não sabendo o que fazer, começou, de má vontade, a assinar alguns dos odiados papéis.

Mimì Augello bateu à porta da sala de Montalbano quando o braço deste, após muitas assinaturas, havia começado a doer.

— Aonde você foi?
— Saborear um café e conversar um pouquinho com Anna Bonifacio, a colega de Luigia Jacono.
— Pelo tempo que levou, você deve ter saboreado mais alguma coisa além de um simples café.
— O que posso dizer? Eu precisava agradecer a ela o favor que me fez.
— Que favor?
— Já que ela havia me informado que a dívida de Di Carlo com Luigia Jacono tinha sido extinta por uma transferência vinda do Crédito Marítimo, perguntei-lhe se conhecia nesse banco alguém que...
— Sabe de uma coisa, Mimì? Eu tive a mesma ideia e pedi a Fazio que cuidasse disso, mas...
— Mas desta vez eu cheguei primeiro.
— Então, descobriu o nome da pessoa?
— Sim, Anna descobriu e me contou.
— Quem é?
— Por que desta vez você não tentou adivinhar?
— Quer que eu arrisque?
— Sim.
— A moça de Lanzarote.

– Infelizmente, errou, porque, se fosse, agora saberíamos o nome, o sobrenome e o endereço dela.

– Certo. Me diga, então.

– Giorgio Bonfiglio.

Montalbano não pareceu muito surpreso com a notícia.

– Não ficou espantado? – perguntou Mimì.

– Não, afinal eles são muito amigos... Aliás, creio que, entre o final de junho e o início de julho, Bonfiglio deu mais dinheiro a Di Carlo.

– Por que você acha isso?

– Porque, se ele não tinha um centavo, quem bancou as férias em Lanzarote?

– Quer que eu me informe se, nesse período, Bonfiglio fez outras transferências para Di Carlo?

– Se for possível...

– Vou tentar.

O telefone tocou.

– Ah, dotor, aconteceria que está na linha o sr. Quallalera, que quer falar com vossenhoria urgentissimamente.

O comissário não conhecia nenhum Quallalera. Mas, não tendo nada a fazer...

– Tudo bem.

– Doutor Montalbano? Meu nome é Giulio Caldarera. Queria lhe relatar um fato estranho.

Era uma voz fresca, de jovem.

– Pode relatar.

– Eu moro em Vigàta. Hoje de manhã fui visitar um irmão, que há dias está de cama, com gripe. Ele mora numa casa no distrito de Ficarra. Conhece?

– Sim. Não é onde reside o sr. Jacono?

– Exato, é o mesmo distrito, mas a casa do meu irmão é do lado oposto.

— No lado onde vive Riccobono?

— Sim. Vejo que conhece bem a área. Bom, na ida, pouco antes da bifurcação, vi um carro parado, de uma pessoa que conheço, e um senhor tirando do porta-malas uma bicicleta dobrável. Só que agora há pouco, ao passar de volta, vi que o carro está em chamas, e do tal senhor, nem rastro.

— Você ainda está no local?

— Sim.

— Espere por nós, estamos indo.

Em seguida, o comissário se voltou para Mimì:

— Venha comigo.

— Fazer o quê?

— Um rapaz acaba de me avisar sobre um automóvel que está pegando fogo. E como você é o especialista em carros incendiados...

In loco, tal como diria Catarella, chegaram em segundos, já que ao volante estava Gallo. Caldarera, assim que os viu, saiu do automóvel e se aproximou.

Era um jovem de seus vinte anos, moreno, sorriso aberto, simpático, ar inteligente.

Do veículo incendiado, que se encontrava um pouquinho fora da pista, a essa altura só restavam a carcaça e algumas colunas de fumaça.

— Ele deve ter tocado fogo no carro logo depois que eu passei — disse o rapaz. — Quando voltei, o incêndio estava acabando.

Montalbano não foi observar de perto os restos do automóvel, não era aquilo o que lhe interessava.

— Você viu bem o homem que estava tirando a bicicleta do porta-malas? — perguntou ao jovem.

— Vi, sim, mas, se o senhor me pedir uma descrição do rosto dele, eu não saberia lhe dizer nada.

— Por quê?

— Porque ele usava uma boina puxada até as sobrancelhas, óculos escuros e, como se estivesse resfriado, uma echarpe cobrindo a boca...

Montalbano e Augello se entreolharam. Era assim que o sequestrador fazia para não ser reconhecido.

— Pode me dizer mais alguma coisa?

— Pelo modo como ele se movimentava, me pareceu que já não devia ser muito jovem. De qualquer modo, uma pena.

— Uma pena, o quê?

— O carro queimado. Eu tenho paixão por motores, e sei o quanto...

— Que carro era? — interrompeu Augello, impaciente.

— Um Porsche Cayenne. Em Vigàta, só existe um.

— E você sabe também a quem pertence?

— Claro. Ao sr. Di Carlo, que tem uma loja de...

— Não lhe pareceu estranho que ao volante não estivesse Di Carlo? — perguntou o comissário.

— Achei que ele podia ter emprestado o carro.

Agradeceram ao rapaz, Augello avisou à Perícia e voltaram ao comissariado.

Durante o retorno, Montalbano ligou para Fazio.

— Como andam as coisas aí?

— Já estou voltando.

— Nós também. Fomos ver um carro incendiado. Era o de Di Carlo.

— O que vossenhoria acha que isso quer dizer?

— Pode significar que não haverá mais raptos. A não ser que o sujeito roube um terceiro carro e continue com os sequestros.

Naturalmente, com Gallo dirigindo, chegaram ao comissariado cinco minutos antes de Fazio.

Ao entrar ele foi logo dizendo:

– Temos uma novidade.

– E estamos precisando de novidades – comentou Montalbano. – Sem isso, continuaremos encalacrados.

– Os caras da Perícia mandaram os maqueiros desembrulharem o cadáver antes de carregá-lo.

– Por quê?

– Queriam o celofane para procurar impressões digitais.

– Ora, imagine! O assassino, aposto meus colhões, deve ter usado luvas – comentou Augello.

– Seja como for – prosseguiu Fazio –, eu pude ver bem, e de perto, o cadáver nu. É um quarentão muito bem-cuidado. Mas o importante é que ele tem uma cicatriz em forma de Z na escápula esquerda.

– Vai ser útil para a identificação – comentou Augello.

– A propósito, eu cheguei a uma hipótese – disse Fazio.

– Diga – incitou-o Montalbano.

– O rosto do cadáver está deformado, considerando que a morte não é recente, mas, quando pude vê-lo sem o celofane, me lembrou alguém que vi em fotografia. E vossenhoria também viu.

– Eu?! – exclamou o comissário, intrigado.

– Sim.

– Mas onde?

– Na casa de Di Carlo. No escritório havia duas fotos dele, em porta-retratos. E nas duas ele aparece junto de um casal mais velho, talvez o pai e a mãe.

– Agora me lembro – disse o comissário –, mas vagamente.

– Desculpem, vocês não me disseram que ele tem uma irmã? – interveio Augello. – Podem perguntar a ela, não?

– Não, porque se afinal não for Di Carlo... – hesitou o comissário.

– Poderíamos perguntar a Bonfiglio. Seguramente ele sabe se Di Carlo tem essa cicatriz – sugeriu Fazio.

– Por enquanto, é melhor deixar Bonfiglio de fora. É uma carta a ser usada quando o interrogarmos – decidiu o comissário.

– Então, só nos resta Luigia Jacono – concluiu Mimì.

Montalbano olhou para Fazio.

– Entendo – disse Fazio. – Cabe a mim. Mas, se permitirem, vou telefonar da minha sala.

Durante a espera, Mimì Augello pegou o jornal que trazia no bolso e começou a ler. Montalbano, porém, decidiu arrumar as gavetas da escrivaninha. Abriu a primeira, e logo desanimou. Aquilo era uma bagunça, havia de tudo, esferográficas, cartas, selos, lápis, cadernetas, velhos calendários, páginas de jornais, documentos, uma bússola e até uma camisa que ele imaginava perdida. Fechou de volta sem ter organizado nada e começou a fitar a parede à sua frente.

Afinal, Fazio voltou.

– É ele, com certeza. Luigia Jacono diz que Di Carlo tinha uma cicatriz exatamente assim.

– Perguntou por que você queria saber?

– Sim. E eu disse a verdade.

– E ela?

– Caiu no choro.

Doze

O comissário olhou para o relógio. Estava tão tarde que ele se arriscava a encontrar a trattoria fechada.

Mas, antes da pausa para o almoço, queria esclarecer logo algumas coisas.

– O fato de que Di Carlo tenha sido assassinado elimina algumas hipóteses, mas sugere outras – começou. – Antes de mais nada, recomendo a vocês que, por enquanto, ninguém saiba que identificamos o morto. Preciso de vinte e quatro horas de prazo. Quero ver como Bonfiglio reage, quando eu contar a ele.

E em seguida, virando-se para Fazio:

– O homicídio de Di Carlo elimina completamente sua hipótese de ter sido ele mesmo a incendiar a loja e a forjar o próprio desaparecimento para tapear o seguro. Concorda?

– Sim.

– Além disso – prosseguiu o comissário –, o fato de Di Carlo ter sido morto poucos dias depois de voltar de Lanzarote exclui que possa ter sido ele quem organizou o sequestro de Luigia. Vocês são da minha opinião?

– Sim – responderam em coro Mimì e Fazio.

– Então, no momento o problema é: quem matou Di Carlo? E por quê?

– Vossenhoria não acha que pode ter sido a máfia, considerando que Di Carlo se recusava a pagar o *pizzo*? – perguntou Fazio.

– A máfia nunca sequestrou alguém que não pagou o *pizzo*. Ou incendeia a loja, ou lá o que seja, ou então mata o proprietário diante de todo mundo, para dar exemplo. Não esconderia o morto, e muito menos embrulharia o cadáver em celofane.

– Você já teve alguma ideia sobre por que o embrulharam? – quis saber Augello.

– Há uma explicação possível. Não somente as folhas o envolviam todo, da cabeça aos pés, como também estavam cuidadosamente fechadas, ou melhor, vedadas com fita adesiva.

– Com qual objetivo?

– As folhas de celofane, lacradas desse jeito, não deixavam o ar circular, e consequentemente não deixavam vazar nenhum odor. Você podia manter aquele morto em casa, num lugar qualquer, sem que ninguém sentisse o mau cheiro da putrefação.

– Bem – disse Mimì –, mas por que o assassino manteria a vítima em casa, em vez de se livrar logo dela?

– Mimì, se eu soubesse responder à sua pergunta, já teria praticamente resolvido o caso. Preciso pensar um pouco. Agora, vamos almoçar e nos reencontramos aqui às quatro.

O fato de ter saído de casa de manhã cedo e de ter ficado por tanto tempo ao ar livre tinha-lhe feito voltar uma fome de lobo, que ele não experimentava havia muito. Enzo, ao ver com quanta satisfação o comissário comia o macarrão ao molho negro de sépia, colocou diante dele dois segundos pratos: os salmonetes de sempre e umas minilulas fritas, tão crocantes que pareciam palitinhos de massa recém-saídos do forno.

– Escolha.

– Você conhece a famosa história do asno de Buridan? – perguntou Montalbano.

– Não senhor.

– Um sujeito chamado Buridan tinha um asno. Um dia, ele quis fazer um experimento. Preparou de um lado uma pilha de feno fresco, de outro uma pilha de sementes de alfarroba, e no meio colocou o asno. O qual, não sabendo escolher entre duas coisas das quais gostava muito, ficou parado, olhando ora para a direita, ora para a esquerda. E assim, sem conseguir se resolver, acabou morrendo de fome.

Enzo pegou de volta o prato com as minilulas.

– O que está fazendo?

– Deixo aqui os salmonetes, não quero que o senhor morra de fome.

– E você acha que eu sou o asno de Buridan? Devolva as minilulas, vou comê-las depois dos salmonetes.

Por conseguinte, a caminhada até o quebra-mar foi uma necessidade.

Sentado no recife plano embaixo do farol, começou a refletir sobre toda a história, partindo da pergunta sem resposta que Augello tinha feito.

Por qual motivo o assassino havia corrido um risco enorme, mantendo escondido o cadáver, em vez de se livrar logo de uma prova indiscutível?

Ficou pensando a respeito um pouquinho e afinal chegou à única conclusão possível, a saber, que o encontro de Di Carlo morto devia, segundo o assassino, constituir o último ato de sua representação. Por conseguinte, tudo havia sido organizado segundo um plano, tão retorcido quanto inteligente, no qual cada coisa tinha de acontecer no devido tempo e segundo uma ordem precisa. Nesse sentido, a descoberta do cadáver de Di Carlo era como a última peça de um mosaico, vale dizer, a parte de um conjunto.

Mas qual era o conjunto?

De quais fatos se compunha?

Refletiu longamente sobre essas duas perguntas. Depois, como havia chegado a hora da reunião, voltou para o comissariado.

Sobre a escrivaninha encontrou uma carta assinalada como "Urgente. Reservada, pessoal", endereçada a ele. Não havia remetente, o carimbo era de Palermo e trazia a data da véspera.

Fazio e Augello, sentados, esperavam o início da reunião. A cortesia mandava que ele lesse a carta mais tarde, mas aquele "Urgente" escrito no envelope levou a melhor.

– Licença, um momento – disse.

Abriu o envelope e começou a ler. Mas logo em seguida ergueu a vista e se dirigiu aos dois:

– Esta carta é relativa a Di Carlo. Vem de Palermo, e foi expedida ontem. Vou ler em voz alta:

Ilustre comissário Montalbano,

meu nome é Mario Costantino, sou o representante exclusivo da empresa J na Sicília e resido em Palermo, à via Ubaldo Carapezza, 15.
Escrevo-lhe a propósito de Marcello Di Carlo. O que vou lhe contar pode não ter nenhuma importância, mas considero meu dever levar isso ao seu conhecimento.

Anteontem, estando de passagem por Vigàta, fui até a loja de Di Carlo, meu cliente há bastante tempo, para ver se ele teria pedidos a me fazer. Eu ignorava totalmente o que havia acontecido. E assim fui informado pelos negociantes vizinhos que não somente a loja havia sido incendiada como também não há notícias dele.
Então me lembrei imediatamente de um episódio ocorrido em 31 de agosto passado. De volta das férias, eu me encontrava no aeroporto de Fiumicino (Roma). Devia pegar o voo das 17h30 para Palermo e estava na fila para os habituais controles de acesso à sala de embarque.
Logo à minha frente havia um casal formado por um quarentão e uma mulher loura, alguns anos mais jovem do que ele. Os dois estavam discutindo em voz baixa, mas algumas frases me chegaram muito claras.
Ele perguntava a ela como era que um certo Giorgio soubera que os dois estariam de volta justamente naquele dia, e acusava insistentemente a companheira de ter sido ela quem o informara. A mulher negava quase chorando, perguntando por qual motivo ela teria feito isso. De vez em quando o homem dizia, quase a si mesmo: "E agora, como vou me safar? O que digo a ele?".
Quando se voltou para a companheira, pude reconhecer que se tratava de Marcello Di Carlo. Ele, porém, enquanto estávamos na fila, não me viu, nem eu ousei me fazer notar, ao vê-lo tão alterado. Mas na sala de embarque ele me reconheceu e me fez

um breve aceno de saudação. Em seguida, afastou-se com a moça, continuando a discutir. No avião, meu assento era muito distante do deles, e assim não pude sequer vê-los.
Reencontrei Di Carlo no aeroporto de Palermo, quando nos dirigíamos para o setor de restituição de bagagens. A mulher não estava. Trocamos umas palavras sobre as respectivas férias, mas era claro que Di Carlo tinha a cabeça longe. A certa altura, a mulher se aproximou, agitadíssima e ofegante, e, sem se preocupar com a minha presença, disse, exaltada: "Ele está nos esperando lá fora. Eu o vi". Di Carlo se deteve de repente. Eu acenei um até logo e prossegui. Di Carlo sequer respondeu ao meu cumprimento.
E foi isso.
Fico à sua disposição para qualquer esclarecimento. Transcrevo aqui meus números de telefone.

Cordiais saudações,
Mario Costantino

— Isso significa que o sr. Bonfiglio nos pregou belas patranhas — foi o comentário de Montalbano. — Mas disso falaremos depois. E agora...

— Antes que você comece — interrompeu Mimì Augello —, preciso lhe dizer uma coisa que Anna me contou. Em 28 de julho, Bonfiglio fez uma transferência de cinco mil euros para Di Carlo.

— Só cinco mil?

— Só cinco mil.

— Mas para um sujeito como Di Carlo, acostumado a gastar a rodo, cinco mil euros não é pouco, para um mês de férias em Lanzarote, ainda por cima acompanhado de uma moça? – perguntou Montalbano.

— Talvez ele tenha pedido emprestada a algum outro a quantia suficiente – arriscou Fazio.

O comissário afinal expôs o tema que mais o interessava.

— Escutem bem. Nós, hoje de manhã, cometemos um erro. Consideramos o homicídio de Di Carlo como um fato ligado unicamente à loja incendiada e ao desaparecimento dele. Mas acho que não é assim. Nós, até esta manhã, pensamos estar lidando com duas investigações paralelas. De um lado os três sequestros, e de outro o homicídio. E esse é o possível erro.

— Explique por quê – pediu Augello.

— Há uma altíssima possibilidade de que tanto os sequestros quanto o homicídio façam parte da mesma história.

— O que leva você a pensar isso? – prosseguiu Augello.

— O fato de que o sequestrador, sempre o mesmo nos três casos, usou o carro de Di Carlo.

— Mas pode tê-lo furtado!

— E por qual motivo Di Carlo não denuncia o furto? – rebateu Montalbano.

— Ora, ele estava foragido!

— Não, Mimì, hoje de manhã nós já descartamos definitivamente essa história do sumiço voluntário. Ele não denuncia o furto porque não pode, já tendo sido morto e embalado pelos sequestradores.

— E por que depois o sequestrador incendeia o carro?

— Porque não precisa mais dele. O automóvel de Di Carlo tinha feito sua última viagem.

— Qual seria?

— Levar o corpo de Di Carlo ao local onde foi encontrado.

— Mas então qual era o objetivo do sequestrador quando tocou fogo no outro carro, aquele que ele usou para os dois primeiros sequestros?

— Mimì, eu posso estar muito enganado, mas minha resposta é: porque aquele também tinha servido como rabecão.

Em vez de perguntar para qual vítima o veículo havia sido usado como rabecão, Augello ficou mudo e pensativo. Fazio segurou a cabeça entre as mãos.

Depois de um tempinho, o comissário quebrou o silêncio.

— Vocês dois estão pensando na mesma pessoa, certo? A grande ausente, uma espécie de fantasma nunca visto. A moça de Lanzarote. A peça que falta. Tínhamos imaginado que ela não aparecia porque era cúmplice de Di Carlo, mas, agora que sabemos que Di Carlo foi assassinado há cerca de uma semana, não é natural supor que ela também teve o mesmo fim?

— Me desculpem — disse Augello —, mas eu estou farto de perguntas sem resposta, de suposições que se revelam equivocadas. Você, Salvo, não diz que nós não conseguimos enxergar o conjunto? Pois então, para termos um ponto de partida comum, nos conte como o vê.

— Tudo bem. Os três personagens principais, no quadro geral, são: o assim chamado sequestrador...

— Que motivo você tem para defini-lo como "assim chamado"? — interrompeu Augello. — Afinal, ele sequestrou as três moças!

— Verdade. Mas esses três sequestros não são a finalidade última desse sujeito, o único objetivo desses atos é o de nos despistar. Recomeçando: os três personagens principais são o assim chamado sequestrador, que é um homem inteligente, esperto e amante do risco; Marcello Di Carlo e a garota de Lanzarote.

"Por um motivo que desconhecemos, o sequestrador é tomado por um ódio profundo contra Di Carlo. Durante as férias de Di Carlo, ele estuda um plano que lhe parece perfeito. Então o põe em prática no próprio dia em que Di Carlo e a moça retornam de Lanzarote. Tendo roubado um carro com um porta-malas grande, sequestra a primeira jovem, a sobrinha de Enzo. Depois sequestra a segunda, ou seja, Manuela Smerca. Trata-se de sequestros sem pé nem cabeça, estudados deliberadamente junto com a pista falsa dos bancos. Tudo claro?"

– Claríssimo – disse Augello.

– Depois, talvez na própria casa da moça de Lanzarote, mata tanto Di Carlo quanto a namorada deste. Aposto meus colhões como ele não matou a moça a tiros, mas sim a facadas. Com as chaves que tirou de Di Carlo, vai até a loja e a incendeia, deixando aberta a porta do apartamento no andar de cima, sempre para turvar as águas e nos fazer crer que foi a máfia. Até aqui, faz sentido?

– Faz – disse Augello.

– Em seguida, ele pega o carro de Di Carlo, coloca no porta-malas os dois cadáveres e esconde o carro num lugar seguro. Depois, tendo embrulhado em celofane o cadáver de Di Carlo, vai jogar em algum lugar o corpo da moça, a qual deve aparecer como a terceira vítima do sequestrador. Só que lhe acontece um imprevisto, ou seja, ninguém descobre a morta. Então ele é obrigado a fazer um sequestro substitutivo, o de Luigia Jacono. Depois, como o corpo da moça de Lanzarote continua sem ser encontrado, ele se livra do cadáver de Di Carlo e estamos conversados. Fui claro?

– Claríssimo – disse Mimì. – Só destaco um pequeno detalhe: dos três personagens principais, dois não têm nome nem rosto.

— Para mim — retrucou Montalbano —, o chamado sequestrador começa a ter um rosto conhecido.

— Refere-se a Bonfiglio? — perguntou Fazio.

— Sim.

— Um momento — interveio Augello. — Quais seriam os motivos de dois homicídios e de três sequestros? E não venha me dizer que Bonfiglio perdeu a cabeça porque Di Carlo possivelmente não lhe restituiu os cinquenta e cinco mil euros!

— De fato, não estou dizendo isso.

— E então?

— Um homem que faz aquilo que o sequestrador fez age assim porque está dominado por um ódio feroz.

— Mas se Bonfiglio e Di Carlo eram unha e carne!

— Mimì, o ódio é a outra face do afeto. Basta um nada para termos o reverso da moeda. Afinal, a carta que acabamos de ler não lhe diz que Di Carlo estava literalmente aterrorizado pela ideia de encontrar o amigo? Seja como for, vamos parar por aqui. Já desperdiçamos muito fôlego. Eu agora vou a Montelusa, quero falar com Pasquano. Amanhã de manhã, às nove, nos vemos de novo e combinamos como devemos agir com Bonfiglio.

— Não é melhor você telefonar a Pasquano? — perguntou Augello. — Pode não o encontrar no trabalho...

— Se não o encontrar, paciência. Mas, se conseguir falar pessoalmente com ele, consigo domesticá-lo.

Estacionou o carro em frente ao Cafè Castiglione e comprou uma bandeja de seis *cannoli*. Pasquano era maluco por doces, pior do que uma criancinha; a simples visão do pacote o deixaria de boa vontade.

Não havia trânsito, e o comissário não demorou nada para chegar ao instituto de criminalística.

— O doutor está? — perguntou ao recepcionista.

— Está na sala dele.
— Com alguém?
— Não, sozinho.

Montalbano bateu. Sem resposta. Bateu de novo. Nada. Então, girou a maçaneta e entrou.

— Quem o autorizou a entrar? — ululou Pasquano, que estava sentado à escrivaninha, segurando um jornal aberto.

— Desculpe, acreditei ter ouvido alguém dizer "adiante". Já vou saindo, e desculpe o incômodo — respondeu educadíssimo o comissário, deixando bem à mostra o pacote.

Pasquano o detectou imediatamente.

— Bem, já que está aqui... — murmurou.

— Obrigado — disse prontamente Montalbano, sentando-se e colocando o pacote sobre os joelhos.

— Desse jeito, esse pacote aí pode cair no chão. Os *cannoli*... são *cannoli*, certo?

— Sim.

— Os *cannoli* são muito frágeis. Coloque em cima da escrivaninha.

— Comprei para mim. Mas, se o senhor quiser provar um... — disse Montalbano, estendendo a ele o pacote.

Pasquano sequer respondeu. Agarrou o pacote, abriu, tirou um *cannolo* e começou a comê-lo.

No final fechou os olhos, suspirou e disse:

— Delicioso!

Em seguida, já com a mão quase em cima da bandeja, perguntou:

— Posso?

— Claro, à vontade.

Pasquano traçou o segundo *cannolo*. Depois se levantou, estendeu a mão ao comissário e disse:

— Obrigado pela visita.

Montalbano não desanimou. Apertou a mão do doutor, pegou a bandeja com os quatro *cannoli* e começou a reembrulhá-la lentamente. No meio da operação, Pasquano se rendeu.

– Tinha vindo para me perguntar alguma coisa?

O comissário desembrulhou de novo a bandeja e a ofereceu ao doutor. A mão de Pasquano despencou, fulminante como a cabeça de uma serpente, e agarrou o terceiro *cannolo*.

– O senhor trabalhou no cadáver hoje de manhã?

– Chim – respondeu o doutor, de boca cheia.

– Pode me adiantar alguma coisa?

Com a mão, Pasquano lhe fez sinal para esperar, enquanto terminava o *cannolo*. Por fim, disse:

– Desculpe, mas estou com a boca seca.

Levantou-se, foi até um armário, abriu-o com uma chave que guardava no bolso, tirou uma garrafa de Marsala, mostrou-a ao comissário e perguntou:

– Aceita um pouco?

– Não, obrigado.

Pasquano pousou a garrafa e um copo sobre a escrivaninha. Sinal de que alimentava intenções quanto aos três *cannoli* restantes.

– O que deseja saber?

– A morte foi há quanto tempo?

– Digamos que há uns seis ou oito dias.

– Como o assassinaram?

– Confirmo o que lhe disse hoje de manhã. Um tiro na nuca. A bala saiu pela goela.

– Isso, se eu não estiver enganado, significa que o projétil viajou de cima para baixo?

– O senhor continua me surpreendendo: apesar da idade avançada, sua cabeça às vezes funciona. Parabéns.

— É possível que, antes do disparo, o assassino o tenha mandado se ajoelhar?

— É possível.

— Portanto, seria uma execução mafiosa?

— Bah!

— Duvida?

— Sim, porque a arma era de pequeno calibre, e não daquelas que a máfia costuma adotar.

— O senhor consegue entender por que, para alvejá-lo, o assassino quis que ele ficasse nu?

— Não creio que tenha sido exigência do assassino. Tem feito muito calor por estes dias. Em minha opinião, ele estava dormindo pelado, quando foi surpreendido no meio da noite.

— Por que diz isso?

— Entre os dedos do pé esquerdo, encontrei um fio minúsculo daquele tecido com o qual se fabricam os lençóis.

— Ele tinha outros ferimentos?

— Não. Mas havia uma cicatriz antiga, em forma de Z...

— Sim, eu sei. Fazio a viu, e foi isso que nos levou à identificação. Quer saber quem é?

— Estou cagando.

Para Pasquano, todos os cadáveres valiam o mesmo.

Caiu um silêncio. Pouco depois, Pasquano informou:

— Ele tinha ido dormir sem tomar banho.

Montalbano o encarou, sem dizer nada.

— E isso me permitiu encontrar o fio de algodão. Mas, no corpo suado, estavam grudados uns fios de cabelo.

— De mulher?

— Sim. Longos e louros, e alguns de uma cor estranha. A última noite, pelo menos, ele não passou sozinho.

Treze

Montalbano voltou a Marinella quando a tarde ainda caía. Era muito cedo para jantar, tanto que, a fim de não ceder à tentação, não foi abrir nem o forno nem a geladeira para ver o que Adelina preparara para ele.

Sentou-se na varanda, acendeu um cigarro.

A noite de setembro estava branda e acolhedora. Havia uma lua tão cheia e baixa que parecia uma bola de jogo infantil suspensa no ar.

A luz trêmula das lanternas dos pescadores marcava a linha do horizonte.

Ele teve um leve surto de melancolia ao pensar que, em outros tempos, seguramente nadaria até cansar. Agora, já não era o caso.

E até Livia... Na última vez em que a vira, havia sentido uma punhalada no coração. As rugas sob os olhos, os fios brancos nos cabelos... Quão verdadeiros eram os versos daquele poeta que ele amava!

Come pesa la neve su questi rami.
Come pesano gli anni sulle spalle che ami.
[...]
Gli anni della giovinezza sono anni lontani. *

Sacudiu-se. Estava se deixando levar pela pena de si mesmo, que é justamente o verdadeiro sinal da velhice. Ou seria talvez a solidão, que começava a lhe pesar mais do que a neve sobre os ramos?

Melhor se dedicar à investigação de que estava encarregado.

Qual podia ser a razão para que a amizade de Bonfiglio por Di Carlo houvesse se transformado em ódio? A julgar pelas transferências bancárias, até o final de julho a amizade entre os dois é sólida, tanto que Bonfiglio continua a emprestar dinheiro a Di Carlo. Mas, a julgar pela carta escrita por Costantino, Di Carlo, em 31 de agosto, no aeroporto de Roma, está apavoradíssimo com o fato de o amigo ter sabido a data de seu retorno a Vigàta. O que aconteceu entre julho e agosto para provocar a ruptura, ou quase, entre eles?

Um momento. O elemento novo entre os dois homens é representado pela presença da garota de Lanzarote pela qual Di Carlo se apaixonou. A jovem, sempre segundo o que escreve Costantino, tem alguma relação com Bonfiglio, tanto que Di Carlo a acusa de ter sido ela a informá-lo sobre a data do retorno dos dois. Não somente isso: a garota conhece Bonfiglio tão bem que, no aeroporto de Palermo, vai ver se ele está esperando pelo casal.

Então talvez Bonfiglio diga a verdade quando afirma que Di Carlo não quis lhe revelar o nome da moça. Mas foi justamente essa atitude que o deixou desconfiado.

---

* "Como pesa a neve sobre estes ramos! / Como pesam os anos sobre os ombros que amas! [...] / Os anos da juventude são anos distantes." Versos de "L'inverno", do poeta italiano Attilio Bertolucci (1911-2000). (N.T.)

Consequentemente, ele inicia uma investigação privada para descobrir quem é a jovem. Consegue, e na manhã de 31 de agosto telefona, ou envia uma mensagem, a Di Carlo, dizendo que espera o casal no aeroporto de Palermo, deixando os dois em pânico.

E isso significa que a moça, envolvendo-se com Di Carlo, traiu Bonfiglio, que devia estar apaixonado por ela tanto quanto Di Carlo. Se as coisas fossem realmente assim, era uma boa razão para a amizade se transformar em ódio.

Tendo chegado a essa conclusão, Montalbano decidiu que merecia um prêmio. Levantou-se e foi até a cozinha. Na geladeira, encontrou um prato de antepastos da terra e, dentro do forno, uma porção dupla de berinjela *alla parmigiana*.

O dia não podia terminar melhor.

Na manhã seguinte, chegou ao comissariado às nove e quinze, por causa do trânsito. Foi logo informando Augello e Fazio sobre o que Pasquano lhe dissera e sobre as conclusões às quais tinha chegado na véspera.

– Eu também – disse Augello – fiquei pensando ontem à noite sobre essa história toda. Nas condições atuais, suas suspeitas quanto a Bonfiglio são todas suficientemente justificáveis, mas não dispomos da mínima prova. Qualquer advogado pode derrubar a peça acusatória como se fosse um castelo de cartas.

– E o que você propõe?

– Eu não proponho nada. Apenas lhe sugiro ficar esperto no interrogatório de Bonfiglio. Ou seja, trate-o como uma pessoa informada sobre os fatos, e não como um provável assassino.

– Mimì, eu não posso ignorar as mentiras dele.

– Concordo, mas...

A porta da sala se escancarou, batendo contra a parede com tal estrondo que fez os três darem um salto de suas cadeiras.

– Peço compressão e per... – começou Catarella.

Mas não conseguiu terminar a frase, porque foi empurrado por uma jovem que entrou no aposento. Era Michela Racco, a sobrinha de Enzo, o dono da trattoria.

Rubra como uma labareda, agitadíssima, ela bradou:

– Eu vi o homem que me sequestrou!

Fazio e Augello pularam de pé.

– Onde? – perguntou Montalbano.

– Estava de carro, entrou no estacionamento de vocês.

Mimì e Fazio saíram correndo.

– Eu tinha parado no sinal e outro carro parou ao meu lado. O homem ao volante era ele, tenho certeza, quase comecei a gritar.

Mimì Augello voltou.

– Queira desculpar – disse, dirigindo-se à moça –, mas a senhorita não viu o rosto dele, certo?

– Não, mas a boina, a echarpe, os óculos escuros...

– Onde ele está? – perguntou Montalbano.

– Na sala de espera. É a pessoa que estávamos aguardando.

– Obrigado – disse Montalbano à jovem. – E, por favor, não fale desse encontro com ninguém, nem mesmo com sua família. – Em seguida, dirigiu-se a Augello: – Mas por que Bonfiglio está coberto desse jeito?

– Porque está com 38 de febre – respondeu Augello.

– Tudo bem. Mande Fazio trazê-lo aqui.

– Vou agora mesmo – disse Mimì. – Mas, por favor, pense bem. Se o assassino for ele, você acha lógico que se apresente no comissariado em uniforme de sequestrador?

– E se tiver sido realmente o sequestrador que vestiu o uniforme, segundo sua descrição, para levar alguém como você a fazer o raciocínio que fez? – replicou Montalbano.

Bonfiglio trazia nas mãos a boina. Havia tirado os óculos escuros e a echarpe lhe pendia dos dois lados do peito. Pela vermelhidão do rosto, era claro que estava com febre.

Fazio se sentou no sofazinho, e as duas cadeiras diante da escrivaninha foram ocupadas por Bonfiglio e Mimì.

Montalbano resolveu aproveitar a debilitação momentânea de Bonfiglio, e já partiu para cima dele com uma paulada.

– Devo lhe dar uma notícia que ainda não vazou. Uma péssima notícia. Seu amigo Marcello Di Carlo foi encontrado. Assassinado com um tiro na nuca.

Bonfiglio estremeceu, sobressaltado, fechou os olhos e oscilou a tal ponto no assento que Augello instintivamente estendeu a mão para evitar que ele caísse da cadeira.

– Meu Deus – disse. – Meu Deus.

Em seguida passou as mãos pelas pálpebras banhadas em lágrimas e esfregou as palmas na calça. Finalmente abriu os olhos, suspirou fundo e encarou fixamente o comissário.

"Uma atuação perfeita. Talvez espere aplausos", comentou Montalbano de si para si, com admiração.

– Não vai querer saber quem foi?

Bonfiglio fez um gesto com a mão, como se quisesse afastar essa ideia.

– Seria uma pergunta inútil. A máfia. Eu tinha dito a ele que pagasse o *pizzo*, mas ele...

– Para seu conhecimento, devo lhe informar que várias circunstâncias nos fizeram excluir que tenha sido a máfia.

– Mas onde o mataram?

"Essa pergunta é um ponto em seu desfavor", pensou Montalbano. "Você devia ter dito: 'Se não foi a máfia, quem foi?'."

– Muito provavelmente, na casa da namorada, quando os dois dormiam – respondeu.

E aqui Bonfiglio fez uma pergunta que teve sobre os outros o mesmo efeito de uma bomba.

– E Silvana?

Enquanto Fazio e Augello se entreolhavam, espantados, Montalbano de repente recordou que Luigia Jacono já lhe havia mencionado aquele nome.

Se respondesse a essa indagação, quem levaria o jogo adiante seria Bonfiglio, que com extrema habilidade havia lançado a carta certa no momento certo.

Convinha evitar esse risco.

– Por falar em Silvana – disse –, quando o senhor descobriu que Di Carlo estava apaixonado pela namorada e era correspondido?

Bonfiglio não demonstrou a mínima surpresa.

– No início de julho Silvana partiu para Tenerife, e nos telefonamos diariamente, tanto em julho quanto em agosto. Porém...

– Desculpe interromper. Por que o senhor também não saiu de férias, junto com sua amiga?

– Por causa da doença da minha irmã. Eu não queria ficar longe da Sicília.

– Prossiga.

– No início, não me despertou suspeitas o fato de Marcello me confidenciar que estava apaixonado por uma moça cujo nome ele não quis me dizer. E também porque Silvana foi muito hábil, não demonstrou a mínima mudança em relação a mim. Ou melhor, ficou até mais... amorosa, digamos. Foi só depois de um telefonema que ela me fez de Lanzarote que eu tive um estalo. Aquela estranha coincidência, ambos terem decidido ir para as Canárias... E mais tarde tive certeza.

– Como?

Bonfiglio tentou sorrir, mas lhe saiu uma careta.

— Li em algum lugar que, quando a pessoa está apaixonada, o cérebro perde o rumo. De fato, Silvana não se deu conta de que eu sabia em qual hotel ela ficaria em Tenerife. Então, telefonei e me disseram que ela havia saído de lá no último dia de julho.

— Foi um golpe sério, não?

— Confesso que fiquei muito mal, uma traição dupla é difícil de suportar e de perdoar.

— E o senhor não esqueceu nem perdoou, ao que parece.

Bonfiglio o encarou, com uma expressão perplexa.

— Como assim?

— Quero dizer que o senhor nos mentiu várias vezes.

— Eu?!

— Se continuar negando, é pior. Digo isso em seu próprio interesse. O senhor nos declarou que não reviu Di Carlo depois que ele voltou de Lanzarote. Confirma?

— Mas...

— Confirma? Sim ou não?

Bonfiglio não respondeu logo. Ficou pensando intensamente. Afinal, suspirou fundo e disse:

— Eu o encontrei no mesmo dia do seu retorno. Ele estava com Silvana. Fui esperá-los no aeroporto de Palermo.

— Já sabemos como foram as coisas. O senhor telefonou a Di Carlo revelando que havia descoberto tudo. O que aconteceu em Palermo?

— Eu estava furioso, confesso. Tinha sido achincalhado. Ela havia continuado a me telefonar e me enviar mensagens amorosas, enquanto se divertia com meu melhor amigo, o qual, ainda por cima, só pôde ir encontrá-la nas Canárias graças a um empréstimo que lhe fiz. Fui ridicularizado como um imbecil, sei lá o quanto devem ter dado risada às minhas costas!

— Me esclareça uma curiosidade: foi o senhor que deu a Silvana o dinheiro para as férias dela?

— Não, ela viajou com suas próprias economias, ao menos foi o que me disse. Mas agora, considerando como se deram as coisas, tenho quase certeza de que deve ter conseguido o dinheiro por outros meios, sei lá quais.

— Continue.

— Eu estava louco de raiva. Insultei Marcello, que sabia muitíssimo bem que eu, por Silvana...

Interrompeu-se, quase envergonhado.

— Estava apaixonado?

— Não sei, talvez. O fato é que eu tinha feito confidências a Marcello, tinha revelado a ele o quanto Silvana, dia após dia, se tornava cada vez mais indispensável...

— O senhor o ameaçou?

— De maneira nenhuma.

— Pediu a restituição do empréstimo?

— Nem pensei nisso.

— Enquanto o senhor e Marcello brigavam, o que Silvana fazia?

— Ficou à parte, chorando.

— E depois?

— Depois, com medo de não conseguir mais me controlar, entrei no carro e fui embora.

— Por que nos escondeu esse encontro?

— Porque, quando os senhores me convocaram, a loja de Marcello havia sido incendiada e ele estava desaparecido. Temi que, se viessem a saber que eu tinha fortes motivos de rancor contra Marcello, que eu o odiava, os senhores pudessem pensar que...

— Entendo. E de fato, sr. Bonfiglio, tenho o dever de lhe avisar que se encontra numa situação difícil.

– O que o senhor quer dizer?
– Simplesmente isso que eu disse. Escolha: vamos adiante, ou quer a assistência do seu advogado?

Bonfiglio não pensou nem por um instante.

– Se os senhores não estão averbando o meu depoimento, significa que não é um interrogatório, então não preciso do advogado.

– Obrigado. Pode informar até que dia permaneceu em Palermo com sua irmã?

– Até o dia seguinte ao encontro com Marcello. Meu cunhado, que é militar e estava em missão no exterior, finalmente voltou à Itália, e assim minha presença já não era necessária.

– E para onde foi?

– Vim para Vigàta.

– Mas na outra vez o senhor nos disse...

– Na outra vez eu menti.

– E por que, agora, não?

– Porque o senhor disse que minha situação é difícil. É melhor que eu fale a verdade.

– O que fez, ao chegar de volta?

– Durante dois dias, fiquei recolhido em casa, sem ver ninguém. Queria me acalmar, para recuperar a lucidez e assim encontrar o modo de me vingar.

– E depois?

– Depois, na noite do segundo dia, peguei meu carro e fui até em frente à casa de Silvana. O Porsche de Marcello estava parado do lado de dentro do portão. Então tive uma ideia. Enchi dois galões de gasolina em um *self-service* e voltei para minha casa. Na noite seguinte, passava das duas horas, voltei à casa de Silvana. Queria quebrar um vidro do Porsche, derramar a gasolina dentro e atear fogo. Mas o carro já não estava lá...

Interrompeu-se.

— E então?

— Quero ser profundamente sincero, embora saiba que isto que vou dizer me... enfim, queimar o carro me pareceu um gesto inútil. Eu queria vê-los juntos... Eu tinha a chave da casa de Silvana. Peguei um dos galões, abri o portão, entrei no vestíbulo sem fazer ruído, não precisei acender a luz porque conheço de cor aquela casa, percorri o corredor e fui até o quarto mas não entrei, fiquei um tempinho ali, e finalmente compreendi que não havia ninguém.

— Então, o senhor não entrou no quarto?

— Repito: não entrei.

— Como conseguiu compreender que não havia ninguém ali, se, pelo que disse, estava muito escuro?

— Veja, eram quase três da manhã, não passavam carros, o silêncio era total... Dá para ouvir a respiração de duas pessoas dormindo, não? E também... havia algo que... não sei como dizer... uma coisa que notei... não sei... um odor adocicado, estranho... inquietante. Fui embora.

Bonfiglio se calou. Levantou-se e deu um passo à frente. Em seguida recuou e de repente despencou na cadeira. Segurou a cabeça entre as mãos e fitou o comissário, olhos nos olhos:

— Difícil de acreditar, não?

Montalbano respondeu com outra pergunta:

— Quando se aproximou do quarto, levando a gasolina, sua intenção era a de queimá-los vivos?

A resposta veio imediata e categórica.

— Não.

— Explique-se.

— Uma coisa é queimar um carro, ainda que muito caro, e outra é atear fogo em dois seres humanos.

— Então, o que pretendia fazer?

— Derramar a gasolina em toda a cama e ameaçá-los segurando um fósforo aceso. Queria que me suplicassem para poupá-los, queria que rastejassem aos meus pés, que se humilhassem...

— E com isso ficaria satisfeito?

— Acho que sim.

— Passemos a outro assunto. O senhor tem uma arma?

— Sim. Uma Beretta 7.65.

— E porte de arma?

— Tenho, naturalmente.

— Está com ela aí?

— Não. Só a levo comigo quando estou com o mostruário.

— Soubemos que Di Carlo era ciumentíssimo com seu automóvel e que só o emprestava ao senhor, às vezes. É verdade?

— Sim.

— Mas não tem seu próprio carro?

— Tenho, só que o de Marcello impressionava mais as garotas.

— O senhor só tem uma conta bancária ou tem várias?

— Tenho três. A de pessoa física é no Crédito Marítimo. As outras duas, nas quais deposito o dinheiro da venda das joias, são no Banco Sículo e no Banco de Crédito.

— Curioso.

— Por quê?

— As três moças que foram sequestradas trabalhavam nesses bancos.

— Acha curioso? Se fizer uma pesquisa, descobrirá que somos centenas os clientes que...

— Conhece Luigia Jacono?

— Claro. Mas não como funcionária de banco, e sim como ex-namorada de Marcello.

— Conhece pessoalmente Manuela Smerca e Michela Racco?

– Sim, trabalham no Banco de Crédito e no Banco Sículo. Costumo gracejar com elas. E daí?

– Duas das jovens não excluíram a possibilidade de que tenha sido o senhor a sequestrá-las. Como vê, meu jogo também é aberto.

Desta vez, Bonfiglio riu.

– E por que eu começaria a sequestrar moças?

Montalbano preferiu não responder.

– Me esclareça uma coisa, por gentileza. Nos dias em que permaneceu isolado em casa, o senhor não saiu nunca?

– Nunca.

– Ficou em jejum?

– Eu não tinha apetite, mas não fiquei em jejum.

– Pediu comida fora?

– Não, eu tinha umas latas de conserva, palitinhos de massa, uns *crackers*, coisas assim.

– Recebeu visitas?

– Eu não queria ver ninguém.

– Seus vizinhos não...

– Não creio que tenham notado minha presença.

– Mas à noite o senhor deve ter acendido a luz!

– Preferi ficar no escuro.

– Recebeu telefonemas?

– Me deixe lembrar... Sim, um só, do meu contador, na mesma manhã do meu retorno a Vigàta.

– De fato, estamos mal... O senhor não tem nenhum álibi.

– Já me dei conta.

– E também se deu conta de que, pelo caminho, perdeu Silvana?

Bonfiglio o encarou, espantado.

– Não entendi.

– Quando eu lhe disse que Di Carlo havia sido assassinado provavelmente na casa da namorada, o senhor perguntou: "E Silvana?". Depois não voltou ao assunto. Por quê?
– Foi o senhor, com suas perguntas, que...
– Qual é o sobrenome de Silvana?
– Romano.
– Quantos anos?
– Trinta e seis.
– Onde a conheceu?
– No escritório do meu contador.
– Onde ela mora?
– *Via* Fratelli Rosselli, 2.
– Vamos até lá?

Catorze

A proposta, talvez porque feita de maneira tão inesperada, surpreendeu os presentes, que ficaram um tempinho em silêncio. Montalbano viu desenhar-se claramente uma expressão negativa no rosto de Bonfiglio.

O primeiro a reagir foi Fazio, que disse:

– Cabemos todos num carro só. Vamos no meu ou pegamos o de Gallo?

– No seu.

Bonfiglio, que agora parecia resignado ao deslocamento, antes de sair do comissariado colocou a boina e enrolou a echarpe em torno do pescoço. Fazio assumiu o volante, com Augello ao lado. Bonfiglio e Montalbano se instalaram atrás.

Bonfiglio explicou que a *via* Fratelli Rosselli ficava do lado oposto a Marinella; era uma rua que primeiro seguia paralela à praia e depois se desviava para a esquerda e entrava na área rural, subindo por uma colinazinha onde ficava a *villa* Ricciotto.

Essa *villa*, usada pelos proprietários somente no verão, tinha uma casinha de zelador bem junto ao grande portão de acesso. A casinha era térrea e se compunha de três aposentos, mais o banheiro e a cozinha.

Silvana a tinha alugado havia cinco anos, visto que o zelador se alojava dentro da própria *villa*.

— Mas essa moça tem um carro? — perguntou Montalbano.

— Não.

— Como faz para ir trabalhar?

— O circular passa por esta área, e além disso ela tem uma motoneta.

— E onde a estaciona?

— Do lado de dentro do portão, do qual ela tem chave. Esta rua é pouquíssimo frequentada. À noite, então, realmente não passa ninguém. Seria facílimo roubá-la.

— Na noite em que o senhor entrou na casa, a motoneta estava?

— Sim.

Chegaram, desceram do carro. A casa parecia de brinquedo, só que um pouco maior. Ao lado da portinha, havia uma janelinha com as venezianas fechadas e as grades pintadas de verde.

— Está com as chaves? — perguntou Montalbano.

— Sim — respondeu Bonfiglio. — Inclusive a do portão.

— Por quê?

— Silvana não se lembrou de pedi-las de volta, e a mim não ocorreu devolvê-las.

Puxou do bolso uma grande penca de chaves, pegou uma pequenininha, girou-a quatro vezes na fechadura, fez o mesmo com uma Yale, e finalmente a porta se abriu.

— Um momento — pediu Fazio.

E distribuiu luvas a todos.

— Vá você na frente — ordenou Montalbano.

— Acendo a luz ou abro as venezianas?

— Acenda todas as luzes.

Menos de cinco minutos depois, Fazio disse:

— Podem entrar.

No vestíbulo havia um cabide de pé, um espelho, um sofazinho e uma mesa de canto com uma jarra de flores artificiais.

Da parede em frente à porta de entrada partia um corredor. Montalbano percebeu imediatamente as manchas escuras sobre o piso.

— Cuidado para não pisar nelas. Creio que são manchas de sangue.

— Não estou me sentindo bem — queixou-se Bonfiglio, parando.

— Coragem — disse Augello, impelindo-o adiante.

O primeiro aposento à direita era uma sala de jantar; à esquerda ficava uma saleta com um sofá-cama.

Tudo em perfeita ordem.

Em seguida, sempre à esquerda, havia a cozinha, limpíssima, e logo depois o banheiro.

O último aposento à direita era o quarto de dormir, e aqui as coisas mudavam radicalmente.

— Eu não vou entrar — disse Bonfiglio, com uma voz aguda, assim que viu o aspecto do quarto.

E permaneceu em pé no corredor, olhando para a parede. Seu rosto estava rubro como um tomate.

No quarto havia um armário com espelho, que corria paralelo à cama de casal. Havia também uma bancada com outro espelho e, em cima dela, cremes, perfumes, potinhos.

Duas cadeiras perto da cama, mas do lado dos pés, tinham sido derrubadas no chão: numa estavam as vestes de um homem, na outra os trajes e a roupa de baixo de uma mulher.

No chão via-se também o abajur que normalmente devia ficar sobre a mesa de cabeceira mais próxima do armário.

A cama...

O casal, evidentemente, dormia nu, e sem se cobrir com um lençol. Naquelas últimas noites havia feito muito calor.

Uma das metades da cama apresentava uma grande mancha de sangue, bem embaixo do travesseiro. Montalbano foi olhar de perto.

E viu o buraco do projétil que havia matado Di Carlo e que provavelmente se encontrava agora dentro do colchão. Era a posição na qual Di Carlo dormia que havia levado o projétil a fazer aquela trajetória descendente; ele não tinha sido obrigado a se ajoelhar.

Na outra metade da cama, aquela onde Silvana dormia, viam-se muitas manchas minúsculas de sangue, como se tivessem sido borrifadas. Em contraposição, no espaço entre a mesa de cabeceira e o armário, o sangue era muito. Não somente havia feito uma poça sobre o piso como também tinha respingado na parede e no espelho.

Mas como Silvana havia sido morta? Seguramente, não por tiro, porque não se viam vestígios disso, e tampouco a facadas, porque nesse caso o sangue seria em maior quantidade e teria feito mais sujeira.

Montalbano voltou até o lado onde Di Carlo havia dormido.

– Você tem uma lanterna? – perguntou a Fazio.

Fazio lhe passou a lanterna. Montalbano se ajoelhou, depois de se assegurar de que não havia manchas naquele ponto, e se inclinou para olhar embaixo da cama.

A primeira coisa que notou foi um cartucho. Sem dúvida, era o da bala disparada contra Di Carlo.

Depois viu um retângulo branco que lhe pareceu um envelope. Meteu-se mais embaixo da cama. Era realmente um envelope, no qual se podia ler:

Ilmo. Sr. Giorgio Bonfiglio
Via Ragusa, 6
Vigàta (Montelusa)

Não o tocou. Deslizou para trás até sair de sob a cama.
Fazio e Augello o fitaram, interrogativos, mas ele não quis dizer nada que Bonfiglio pudesse ouvir.
– Aqui não há mais nada para ver. Venham comigo.
Saíram para o corredor, onde encontraram Bonfiglio encostado à parede, com os olhos fechados. Era evidente que ele estava com febre alta e só se mantinha de pé com grande esforço.
– Quer ir para casa, por hoje? – perguntou Montalbano.
– Se fosse possível...
– Responda a mais umas perguntas e eu o deixo ir. Que o senhor saiba, Silvana Romano tinha uma empregada?
– Silvana preferia cuidar da casa ela mesma. Mas nas manhãs de sábado vinha uma faxineira para fazer uma limpeza maior.
– Sabe como se chama?
– Grazia. Mas não sei o sobrenome.
– Essa faxineira tinha as chaves da casa?
– Não creio.
– Obrigado pela colaboração. Fazio, leve o sr. Bonfiglio até o comissariado para ele pegar o carro, e depois volte para cá. No caminho, avise a quem de direito. Mimì, você também vai. Fique no comissariado, e eu o chamo se precisar.
Precedeu os três até a entrada e em seguida, depois que saíram, fechou a porta.
Sentia necessidade de ficar sozinho para compreender tudo o que o aposento da morte queria lhe contar.

Foi buscar uma cadeira na sala, carregou-a para o quarto, sentou-se e considerou por longo tempo o espaço à sua frente. Era como se observasse o cenário montado num palco, mas no qual ainda faltavam os atores.

E então começou a imaginar como podia ter acontecido o duplo homicídio.

Marcello e Silvana jantaram em casa... Certo?

Não tinha certeza.

Levantou-se, foi até à cozinha. Sobre a bancada da pia, dois pratos e dois copos no escorredor... Mas isso não significava nada, podiam ter sido lavados sabe lá quando... Abriu as portas embaixo. Pronto, ali estava a lixeira. Levantou a tampa e foi invadido pelo fedor da putrefação. Havia restos de espaguete e de frango assado, cascas de pera e de maçã...

Sim, eles tinham comido em casa.

Voltou a se sentar no quarto. Após o jantar, os dois deviam ter assistido um pouco à televisão e em seguida foram para a cama. Tiraram a roupa, fizeram amor, adormeceram.

A certa hora avançada da noite, o assassino entra na casa sem fazer o mínimo ruído. Provavelmente, traz na mão uma maleta que... Um momento.

Como ele havia entrado?

No lado de fora da porta, e isso Montalbano tinha notado desde o primeiro momento, não se via nenhum indício de arrombamento das duas fechaduras. Aliás, Bonfiglio havia aberto com extrema facilidade. Em conclusão, o assassino tinha usado chaves originais, ou cópias bem-feitas.

Mas, afinal, quantos jogos de chaves daquela casa circulavam por aí?

Levantou-se e foi até o vestíbulo. Ao entrar, tinha visto a bolsa de Silvana em cima do sofazinho. Pegou-a e a abriu. Dentro, em meio a vários objetos, havia uma chavezinha e uma

Yale penduradas numa argola de metal. Havia também uma terceira chave, que devia ser a do portão lá fora. Experimentou as duas primeiras: funcionavam. Guardou-as de volta na bolsa, retornou ao quarto, sentou-se.

Mas logo depois se levantou, foi até uma das cadeiras caídas, inclinou-se para apanhar a calça de Di Carlo, procurou e encontrou a chavezinha, a Yale e a terceira, a do portão, mas nenhuma outra penca de chaves.

No entanto, Di Carlo devia ter consigo as de sua própria casa, as da loja e as do Porsche. Se não estavam ali, era porque o assassino as tinha levado.

E por que havia deixado as da casa de Silvana?

Simples: ele já as tinha, não precisava de duplicatas.

Só para dar um exemplo: alguém como Bonfiglio também não precisaria.

Sentou-se de novo. Não quis dar ao assassino, parado na escuridão da entrada, a face de Bonfiglio. Ainda era muito cedo para isso, àquela altura seria um erro capaz de desviá-lo do rumo da investigação.

Mas de uma coisa ele tinha certeza: apesar do calorão que fazia naqueles dias, inclusive à noite, o assassino usava uma jaqueta.

Porque a jaqueta servia para esconder a arma que ele trazia, uma pistola, e a enorme lanterna, para ver bem.

Da lanterna ele tinha necessidade absoluta. Mesmo que conheça a casa, não sabe em qual lado da cama dorme Marcello e em qual dorme Silvana.

O assassino, que deixou a maleta na entrada, avança devagarinho, pé ante pé, pelo corredor. Tem à disposição todo o tempo que desejar, e sempre no escuro.

Afinal chega ao ponto onde agora está a cadeira com Montalbano e se detém.

Acende a lanterna que está empunhando, projeta a luz no interior do quarto, grava mentalmente a posição das cadeiras e dos dois adormecidos, desliga a lanterna.

Avança lentamente ao longo dos pés da cama, estende a mão, toca a cadeira com as roupas de Di Carlo, desvia-se dela, sobe até a cabeceira, toca a mesa de cabeceira. Então se detém.

Escuta a respiração regular do casal.

Dá para ouvir a respiração de duas pessoas dormindo, não?

Bonfiglio não disse precisamente isso?

Agora o assassino transfere a lanterna para a mão esquerda e, com a direita, pega a pistola, que está pronta para disparar. Ele tratou de armá-la antes de sair de casa, para evitar que fosse audível o estalido metálico da bala ao ser introduzida no cano.

Acende a lanterna e aproxima a pistola da nuca de Marcello, que está dormindo de bruços. Aperta o gatilho, desliga a lanterna.

O estampido acorda Silvana, que se percebe na mais absoluta escuridão e não entende nada do que está acontecendo. Apavorada, ela pergunta:

– O que foi isso, Marcello?

O assassino não lhe dá sequer o tempo de acender a luz da cabeceira. Com um grande salto, voa sobre o corpo de Marcelo, jogando enquanto isso a pistola em cima da cama, o braço direito estendido à frente, o punho fechado, e golpeia em cheio o rosto da moça, quebrando-lhe o nariz. O sangue esguicha. Silvana pula da cama, mas o assassino, com dois socos, joga-a contra a parede entre a mesa de cabeceira e o armário.

Um violento pontapé no ventre faz a moça deslizar até o chão, o assassino a segura pelos cabelos, coloca-a novamente de pé, com uma das mãos a segura e com a outra desfecha socos, sentindo prazer a cada vez que seu punho golpeia e quase afunda na carne dela.

E o espancamento bestial continua e continua, até que o assassino cai exausto sobre o corpo da moça, a esta altura sem vida, e permanece um tempinho assim, ofegante, como alguém depois de fazer amor...

Vamos parar aqui.

Recapitule o que você imaginou.

O assassino dispara, desliga a lanterna, voa com um salto sobre o corpo sem vida de Marcello...

Mas por que faz assim?

Poderia deixar acesa a lanterna, apontar a pistola contra a moça e disparar... Ou então, sempre mantendo-a sob pontaria, caminhar até ela, contornando a cama, e depois começar a...

Mas por que preferiu matá-la a mãos nuas?

E por que não quis perder nem um segundo para ter em sua posse, ou melhor, na posse de suas mãos, a carne de Silvana?

Talvez porque tenha fome daquela carne, ou talvez porque já não suporte não destruir aquela carne...

Então, se essa reconstituição estiver certa, diz Montalbano a si mesmo, o objetivo do assassino não era matar Marcello, Marcello era somente um obstáculo que convinha eliminar, saltar, justamente, para chegar ao verdadeiro alvo: Silvana.

Continuemos.

O assassino se levanta, acende a luz, está usando o tempo todo um par de luvas de borracha, olha-se no espelho do armário. O sangue de Silvana lhe manchou a jaqueta, a camisa, a calça e os sapatos.

Ele recupera a pistola e a lanterna e as coloca dentro de uma sacola de supermercado que trouxe consigo. Livra-se das luvas e as enfia no bolso.

Depois vai até o vestíbulo, abre a maleta e tira dali todo o conteúdo: uma calça, uma camisa, um par de tênis, uma toalha, um par de luvas novas. Dentro da maleta, guarda a sacola e a jaqueta que acabou de despir.

Calça as luvas novas, apaga a luz do vestíbulo, escancara as duas folhas da porta de entrada. O carro está como ele o estacionou: com o bagageiro encostado à porta. Ele abre o bagageiro, deixando a tampa levantada, corre até o quarto, pega o cadáver de Silvana e o coloca dentro do bagageiro, que ele forrou com folhas de celofane para evitar que ficasse muito sujo de sangue. Faz o mesmo com o corpo de Marcello.

Tranca com chave o bagageiro e a porta da casa, por dentro. Então vai buscar no quarto as chaves da loja, do apartamento e do carro de Marcello, entra no banheiro, olha-se no espelho. Pega no vestíbulo a toalha que trouxe, abre a torneira com a mão protegida pela mesma toalha, mas não lava o rosto: elimina as manchas de sangue uma a uma, passando sobre elas um cantinho da toalha umedecida.

Em seguida retorna ao vestíbulo, tira os sapatos, a camisa e a calça, guarda tudo na maleta. Veste os trajes limpos.

Começa a circular pela casa, abrindo as gavetas do armário, da pequena escrivaninha que há na saleta, das duas mesas de cabeceira... Pega todas as fotografias nas quais Silvana aparece sozinha ou acompanhada, as cartas, os postais, qualquer documento... Tudo vai parar na maleta.

Não somente o corpo de Silvana deve desaparecer, mas também qualquer vestígio dela precisa se perder, até mesmo a lembrança deve sumir. Como se ela jamais tivesse existido sobre a face da terra.

Fecha a maleta, abre de novo a porta, apaga a última luz, pega a maleta, sai, tranca a porta com as duas chaves, abre o carro, coloca a maleta no assento traseiro, senta-se ao volante, arranca.

A noite ainda está alta. Ele tem tempo de voltar até ali para buscar o carro de Di Carlo.

Montalbano se levantou, pegou a cadeira, levou-a de volta para a sala. E lá permaneceu, refletindo.

Numa primeira impressão, o cadáver de Di Carlo certamente não tinha sido embrulhado no quarto onde ele fora morto, mas sim num lugar seguro, à completa disposição do assassino. Pois bem, admitindo-se que...

Estava tão absorto que o som da campainha da porta o fez dar um salto. Foi abrir. Era Fazio.

– Avisou ao circo itinerante?

– Sim. Mas, não havendo cadáveres, não chamei Pasquano. O promotor Tommaseo está de férias, então no lugar dele vem o doutor Platania.

Foram se sentar na sala. Fazio olhou o comissário e sorriu.

– O que é?

– Posso fazer uma pergunta?

– Faça.

– O que tem embaixo da cama?

– Como é que você sabe?

– Pela sua expressão.

– Um cartucho de bala.

– Só isso?

– Não, tem também um envelope, e provavelmente uma carta dentro do envelope.

– Deu pra ler o nome do destinatário?

– Sim, está endereçada a Giorgio Bonfiglio.

– Caralho! E vossenhoria leu essa carta, quando ficou sozinho?

– Não.

– Por quê?

– Com noventa e nove por cento de certeza, essa carta não vai ajudar em nada.

– Como assim?!

— Pense bem. Bonfiglio tinha as chaves daqui, podia entrar e sair quando quisesse.

— É verdade. — Fazio fez uma pausa, e em seguida voltou à carga: — E qual seria o um por cento que daria certo valor à carta?

— A data de emissão. Se ela tiver sido escrita no finalzinho de agosto, significa que Bonfiglio deve tê-la recebido nos primeiros dias de setembro. E isso constituiria a prova de que ele esteve aqui quando Marcello e Silvana já tinham voltado de Lanzarote.

— Mas ele nos declarou explicitamente que veio uma noite, com o galão de gasolina!

— Sim, mas insistiu em que naquela noite não entrou no quarto, ficou somente diante da porta. Por isso, se a carta tiver a data certa, mas só nesse caso, Bonfiglio precisa nos dizer se esteve aqui duas vezes, ou então, se tiver vindo somente naquela noite, trazendo o galão de gasolina, vai ter que nos explicar como a carta conseguiu fazer um voo tão longo, e em curva à direita, partindo da porta onde ele estava e chegando até embaixo da cama.

Fazio mudou de assunto.

— Uma vez vossenhoria disse que quase com certeza Silvana foi assassinada a facadas. No entanto, ao que parece, ela foi morta a mãos nuas. Por que pensou em facadas?

— Por uma espécie de associação de ideias. Foram os ferimentos com lâmina que o sequestrador fez na jovem Jacono que me meteram na cabeça essa hipótese, e também o fato de Di Carlo ter sido morto com um tiro de pistola. A diversidade de tratamento indica os sentimentos diferentes do assassino para com as duas vítimas: vingança no caso de Di Carlo, ódio puro no de Silvana. Com ela, o assassino queria ter a satisfação de matá-la com as próprias mãos, de senti-la morrer.

A campainha tocou. Fazio foi abrir e voltou logo depois.

– Chegaram todos, a Perícia e o doutor Platania. Devo acompanhá-los?

– Sim.

Passados alguns minutos, Platania entrou na sala.

Montalbano e ele se conheciam e simpatizavam um com o outro.

– Pode me explicar o que é esta história horrenda? Estou completamente por fora de tudo.

Montalbano levou uma hora para contar tudo. Afinal, Fazio reapareceu.

– A Perícia já terminou.

– Eles pegaram a carta que estava embaixo da cama? – perguntou Platania.

– Pegaram sim.

– Pode trazê-la aqui, por favor?

Fazio saiu e voltou com um saquinho plástico dentro do qual se percebia um envelope. Entregou o saquinho ao promotor, que o abriu, tirou dali o envelope, olhou o endereçamento e por fim leu a carta.

– É uma correspondência em papel timbrado da joalheria Hermès de Milão. Eles avisam a Bonfiglio que a apresentação das novas joias, reservada aos representantes, será nos dias 29 e 30 de setembro. Está datada de 29 de agosto.

Guardou o papel de volta no envelope, colocou este último no saquinho plástico, fechou-o e o entregou a Fazio.

– Devolva à Perícia.

Aquele um por cento de probabilidade calculado por Montalbano havia aparecido, talvez assinalando o destino de Bonfiglio.

Quinze

Quando a Perícia terminou as fotos, a coleta de material e os demais procedimentos e afinal se retirou, Platania propôs a Montalbano e a Fazio que os três permanecessem ainda um tempinho na casa de Silvana, para conversar sobre o melhor modo de agir com Bonfiglio.

– O fato de ainda não ter sido encontrado o corpo de Silvana limita, e muito, o campo de ação da investigação. O único elemento de uma certa concretude que nós temos contra ele – disse – é a carta encontrada embaixo da cama. Traz a data de 29, mas, ainda que a coisa pareça improvável, ele pode afirmar tê-la recebido na manhã do dia 31, ter vindo aqui logo depois, por um motivo qualquer, e em seguida partido para Palermo, a tempo de esperar o casal que chegava de Lanzarote. É inegável que essa carta tem um peso, mas não a ponto de fazer a balança pender decisivamente em desfavor de Bonfiglio.

De fato, Platania não estava errado.

– O que o senhor propõe? – perguntou Montalbano.

– Por enquanto, que nos mantenhamos estritamente dentro das regras, a fim de evitar contestações posteriores. Hoje à tarde enviarei a ele, por oficial de justiça, uma notificação no sentido de que providencie um advogado que deverá entrar em contato comigo de imediato.

– E depois?

– Logo em seguida marcarei o interrogatório de Bonfiglio, ao mesmo tempo enviando ao senhor um mandado de busca no apartamento dele, e outro de apreensão do carro.

– Por quê?

– Como assim, por quê? Com toda aquela carnificina feita por ele, espero que possamos encontrar alguma roupa manchada de sangue. Enquanto isso, a Perícia poderá verificar se no porta-malas...

– Desculpe, mas creio que a busca no apartamento e a apreensão do carro serão inúteis. Bonfiglio teve todo o tempo de que precisava para se livrar das roupas que vestia quando matou, assim como para eliminar do porta-malas qualquer vestígio de sangue.

– Mesmo assim, quero tentar. O senhor, Montalbano, disse que Bonfiglio abriu a casa com chaves que estavam com ele, certo?

– Sim.

– E o senhor as apreendeu?

O comissário havia se esquecido completamente de fazer isso.

– Eu me...

– Já providenciado – disse Fazio, puxando as chaves do bolso. – Peguei com ele quando o levei de volta.

Por essa única vez, Montalbano não sentiu o nervoso que lhe subia com o "já providenciado" de Fazio.

– Se fizermos as coisas como Platania quer – comentou Fazio enquanto levava o comissário à trattoria –, vamos nos afogar em papelada e perder um tempão.

– Mas, enquanto isso, podemos nos adiantar à papelada – retrucou Montalbano.

– De que jeito?

– Bonfiglio não embalou o cadáver na casa de Silvana e, sem dúvida, tampouco no apartamento dele no vilarejo. Precisamos conferir se ele dispõe de um depósito ou de uma garagem isolada, ou então de uma casa de veraneio... Esta é uma verificação muito importante, que você pode fazer hoje mesmo, depois do almoço.

A cortina metálica da trattoria estava baixada até a metade. Realmente, era bem tarde.

– Tem alguém aí? – perguntou o comissário, abaixando-se.

– Estou indo, doutor – respondeu Enzo lá de dentro, reconhecendo a voz.

A cortina foi levantada.

– Desculpe o incômodo, mas cheguei ainda a tempo de comer alguma coisa?

– Eu e minha mulher vamos nos sentar à mesa agora mesmo. Será uma honra para nós se o senhor almoçar conosco.

Tendo terminado, Montalbano foi diretamente para o comissariado. Passava das quatro da tarde.

– O doutor Augello está aí?

– Sim, tá *in loco*, dotor.

– Peça a ele que vá à minha sala.

Informou Mimì sobre a carta e sobre as decisões de Platania. No final, Augello fez uma careta.

– Alguma coisa não convenceu você?

– Essa história da carta não faz sentido para mim.

– Me explique a razão.

— A personalidade de Bonfiglio. Você o descreve como uma pessoa lúcida, com uma cabeça que funciona muito bem, um homem que calcula os prós e os contras de cada movimento que vai fazer. E eu, que o conheço há tempos, concordo com essa descrição.

— E daí?

— Daí, mesmo admitindo que Bonfiglio tenha perdido a carta, como pode não ter percebido, meticuloso como é, que não estava mais com ela? E, se percebeu, forçosamente deve ter pensado que a perdeu na casa de Silvana. Então eu lhe pergunto: por que não voltou para recuperá-la? Ele dispunha de todo o tempo do mundo.

— Suas observações estão corretas se Bonfiglio tiver perdido a carta em 31 de agosto, quando Di Carlo e Silvana estavam voando de volta à Itália. Mas, se ele a perdeu na noite em que foi à casa da moça com o galão de gasolina, ou naquela em que os matou, então não podia de jeito nenhum voltar para procurá-la, porque corria um risco enorme.

— Pode ser, mas um erro tão grosseiro, por parte de Bonfiglio, não me parece verossímil.

— No entanto, ele o cometeu.

Fazio entrou.

— Doutor, lembrei que tenho um amigo na repartição provincial de impostos, então liguei para ele. Não consta que Bonfiglio seja proprietário de outros imóveis além do apartamento onde reside.

— Por que você quer saber? — perguntou Augello a Montalbano.

— Ele deve dispor de um lugar onde embrulhou o cadáver...

Mimì caiu na risada.

— Ora, imagine! Se você der uma voltinha pela área rural, vai encontrar dezenas de casas de granja abandonadas, em ruínas, onde você pode até fazer a autópsia de um morto sem que ninguém venha incomodar.

E isso era verdade. O telefone tocou.

— Ah, dotor, acontece que estaria na linha um senhor que não entendi como se chama dizendo que alguém tinha salvado ele e por isso quer informar vossenhoria em pessoa pessoalmente.

— Mas salvado de quê?

— Não sei, dotor.

O comissário não insistiu.

— Pode passar.

— Alô, doutor Montalbano? Aqui é Salvato, Michele Salvato.

— Um momento, por favor.

Cobriu o fone com a mão e perguntou a Fazio:

— Você conhece um tal de Michele Salvato?

— Sim, doutor. É um funcionário da prefeitura, responsável pelo vazadouro de lixo da Esplanada Leone.

O comissário ligou o viva voz.

— Pode falar.

— Doutor, eu sou o encarregado do...

— Sim, eu sei. O que aconteceu?

— Aconteceu que poucos minutos atrás, quando a pá mecânica estava trabalhando aqui no lixão, de repente um saco se rasgou e apareceu um cadáver.

— De homem ou de mulher?

— Doutor, o cadáver está em péssimas condições, sei lá quando foi jogado aqui. Metade ainda está dentro do saco. Mas, a julgar pelos cabelos, parece uma mulher.

Montalbano, sem saber por quê, teve certeza imediata e absoluta de que o corpo de Silvana havia sido encontrado.

— Estamos indo aí agora mesmo.

– Se eu não for indispensável – disse Augello –, prefiro não ir. Sempre que passo pelos arredores da Esplanada Leone, sinto ânsias de vômito.

– Tudo bem.

– Espere um momento, doutor – pediu Fazio.

Saiu e voltou pouco depois, envergando um par de grandes botas de pescador, de borracha verde. Trazia nas mãos outro par semelhante, e o estendeu ao comissário.

– Use isto, e enfie por dentro inclusive a calça, assim como eu fiz.

O vazadouro da Esplanada Leone, que ficava exatamente no limite do território de Vigàta com o de Montereale, servia a cinco vilarejos e, antes de se tornar um enorme lixão, era uma desolada e solitária extensão de pedras e touceiras de sorgo, absolutamente incultivável, abandonada até pelas lebres e útil somente para as cobras.

Agora, em compensação, o local era povoado por uma infinidade de animais, entre os quais ratazanas do tamanho de um gato, matilhas de cães esfomeados e centenas e centenas de gaivotas que haviam vendido sua soberba dignidade marinha para se tornarem miseráveis mendicantes.

O vazadouro, antes mesmo de se mostrar à vista, fez-se sentir pelo odor.

– Feche a janela – disse Fazio, que estava ao volante.

Montalbano obedeceu e em seguida colocou a pequena máscara branca que Fazio lhe estendia.

"Quando eu ficar velho e precisar de acompanhante, vou contratar Fazio como cuidador", pensou o comissário.

Salvato, um cinquentão atarracado, de bigodes, esperava por eles no acesso principal.

— O cadáver não está deste lado. Se me derem carona, levo os senhores até lá.

Margearam o lixão por quase um quilômetro, e a certa altura Salvato disse:

— Vamos parar aqui.

Desceram do carro. Era como estar na margem alta de um lago feito não de água, mas de uma matéria lamacenta e fumegante.

De fato, aqui e ali havia uma fumaça negra e densa que brotava de um mar cinzento de sacos de lixo, em grande parte desventrados, e dos quais havia caído, empesteando o ar, todo tipo de rejeito possível e imaginável, que parecia capaz de infectar uma pessoa que simplesmente olhasse para aquilo.

— Eu sei que é desagradável, mas precisamos ir até lá — disse Salvato. — Venham atrás de mim.

Pouco adiante havia uma espécie de trilha escavada entre duas colinas de lixo. Seguiram em fila indiana. Montalbano teve medo de escorregar e cair de cabeça dentro de toda aquela nojeira.

Finalmente chegaram a um espaço onde havia uma pá carregadeira, parada quase dentro de um montinho formado por sacos. Um homem de macacão foi ao encontro deles. Salvato o apresentou:

— Este é Vanni, o operador da pá.

— Como o senhor percebeu que havia um corpo? — perguntou Montalbano.

— Eu tinha acionado a pá — disse Vanni — quando um saco se rasgou no ar e eu vi sair primeiro uma cabeleira loura, e depois meio busto. Então travei a pá, para que o saco com o cadáver ficasse dentro.

— Vamos ver — disse o comissário.

– Mas quer ver de perto, ou do assento do motorista? – perguntou Vanni.

– De perto.

– Então espere um pouco.

Vanni foi até a máquina, ligou-a e começou a dar marcha a ré, devagarinho. Finalmente a pá saiu do montinho. Montalbano e Fazio se aproximaram, seguidos por Salvato. O comissário notou imediatamente uma mecha violeta no meio dos cabelos louros da morta, e não teve mais dúvidas.

Apesar do avançado estado de deterioração, distinguiam-se claramente os sinais do terrível espancamento.

Era difícil perceber como havia sido o rosto da moça, inchado como estava; parecia que o assassino quisera cancelar os traços dela. O mesmo se dava com os seios e com o tórax, reduzidos a um monte de carne informe.

E ainda bem que o resto do corpo ainda estava dentro do saco, do contrário teria sido difícil suportar aquela visão.

Fazio se afastou alguns passos, virou as costas aos outros e vomitou.

Em seguida voltou para perto do comissário.

– Aviso todo mundo?

– Sim, mas diga ao pessoal da Perícia que traga um gerador de luz. Daqui a pouco, não se enxergará mais nada.

Fazio começou a fazer os telefonemas. Salvato liberou Vanni e acendeu um charuto.

O comissário também sentia vontade de fumar, mas temia tirar a máscara. Olhou para Salvato com certa inveja. Salvato devia ser um homem inteligente, porque compreendeu.

– A gente se acostuma a tudo, doutor. À vida e à morte, ao fedor e à merda.

Poderia chamar Gallo para vir buscá-lo, sua presença não era necessária ao pessoal do circo itinerante, bastaria Fazio.

Mas ir embora lhe pareceu maldade, era como fazer uma ofensa derradeira àquela pobre moça que, mesmo admitindo-se que tivesse se comportado mal, certamente não merecia nem a morte horrível que havia sofrido nem esta terrível desfiguração após a morte.

Mas, pensando bem, por que dizer que ela havia se comportado mal?

Qual era sua culpa?

Ter enganado Bonfiglio?

E daí?

Silvana havia simplesmente agido segundo a natureza, Bonfiglio era no mínimo trinta anos mais velho do que ela, ao passo que Di Carlo era quase um coetâneo. Com as mensagenzinhas amorosas que enviava de Lanzarote a Bonfiglio, mais do que enganá-lo ela procurava somente ganhar tempo, não despertar suspeitas nele até que retornassem, quando finalmente Di Carlo encontraria o melhor modo de deixar as coisas claras, revelando ao amigo que ele e a moça estavam apaixonados e queriam se casar.

Mas as coisas tinham dado errado, e Bonfiglio, louco de raiva, fora ao aeroporto para...

Não, aqui tem alguma coisa que não bate.

Louco de raiva?

Temos certeza disso?

Bonfiglio falou de uma dupla traição. Da amizade e do amor. Então, pela lógica, no aeroporto deveria ter brigado tanto com Marcello, traidor da amizade, quanto com Silvana, traidora do amor. No entanto, ele agride Marcello e sequer dirige a palavra à moça, que, segundo ele contou, ficou à parte, chorando.

Não, não é um comportamento natural. A cena descrita por Bonfiglio não funciona.

Como se explica isso?

Há uma explicação plausível. Bonfiglio se impôs lucidamente aquela atitude e a manteve inclusive na explosão de raiva contra Di Carlo: não se voltar em absoluto contra Silvana, ignorá-la, não a ver, porque se tivesse um mínimo contato com ela, ainda que somente verbal, não conseguiria mais se conter e seu ódio explodiria, incontrolável e estrondoso como um vulcão.

Poderia até chegar a matá-la diante de todos, ali mesmo, no aeroporto.

Alguma coisa passou como um raio pelos seus pés, interrompendo-lhe os pensamentos. Ele deu um salto. Salvato riu.

– Era uma ratazana – disse. – Agora que está escurecendo elas começam a aparecer. Se ficarmos aqui, vão nos comer vivos. É melhor vocês dois voltarem para o carro.

E deixar que aquele pobre corpo fosse despedaçado? Quanto deveria sofrer ainda, depois da morte?

– Mas estas ratazanas podem...

– Não se preocupe com o cadáver, eu fico aqui. Vou ligar o motor da máquina, o barulho as mantém afastadas.

Estar novamente na margem do lixão foi como emergir de um círculo do inferno.

Refugiaram-se dentro do carro, com as janelas fechadas. Pouco a pouco o comissário viu se extinguir a última claridade do dia, e então lhe veio à lembrança uma velha comédia de um autor italiano, que narrava como o novo dilúvio universal não viria com a água do céu, mas porque todas as latrinas e fossas do mundo vomitariam toda a imundície que durante séculos havia sido jogada nelas, e os homens morreriam assim, afogados em seu próprio esgoto. Na época em que lera a peça, aquilo tinha lhe parecido uma coisa de fantasia, mas agora ele começava a duvidar.

Já passava das dez da noite quando retornaram ao comissariado.
Pasquano tinha se dignado somente a dizer que a morte havia ocorrido pelo menos uma semana antes. Até mesmo ele, diante daquele corpo torturado, se sentiu no dever de não falar um palavrão sequer.

A Perícia não teve nada a fazer, exceto levar o saco de lixo. Era uma simples formalidade, impressões digitais eles encontrariam quantas quisessem.

Platania, por sua vez, havia informado a Montalbano que Bonfiglio tinha recebido a notificação e escolhido o advogado Laspina, e que o interrogatório estava marcado para a manhã seguinte, às nove e meia, na casa do próprio Bonfiglio, que ainda apresentava uma certa febre.

– Minha presença é necessária?

– Sem dúvida. Aliás, seria melhor que o interrogatório fosse levado adiante pelo senhor, que inclusive já falou com ele. Desta vez, porém, teremos um escrivão, vamos averbar.

– E quanto aos mandados de busca e apreensão?

– Desisti. Seus argumentos me convenceram. Seria uma perda de tempo.

– Seria conveniente não divulgar a notícia da descoberta do cadáver – disse Montalbano –, ao menos até o interrogatório de Bonfiglio.

– Concordo.

Quando pôs os pés em Marinella, eram mais de onze horas. Ele não estava em condições de comer nada, tinha certeza de que rejeitaria imediatamente qualquer coisa que metesse na boca.

Em contrapartida, sentia um enorme desejo de se lavar meticulosamente. Tomou um banho e foi se sentar na varanda, com o uísque e os cigarros ao alcance da mão.

Queria refletir sobre como conduzir o interrogatório de Bonfiglio. Não havia a menor dúvida de que o desconforto mostrado por ele na casa de Silvana era autêntico. Justamente porque havia desafogado seu ódio, esvaziando-se completamente, voltar ao lugar onde havia matado duas pessoas lhe era insuportável. Isso: podia começar remetendo-o à tensão nervosa daquela manhã, quando ele tinha se recusado a entrar no quarto. E, assim, repetir o andamento do outro interrogatório, quando, antes de mais nada, havia anunciado a Bonfiglio a descoberta do cadáver de Di Carlo. Desta vez, porém, tratava-se de Silvana, seu último grande amor, e por isso sua reação seria completamente diferente. No caso de Marcello, Bonfiglio havia fingido chorar, mas, no de Silvana, iria chorar de verdade, sobretudo se o comissário soubesse lhe descrever as condições às quais estava reduzido o corpo da moça.

O telefone tocou. Montalbano foi atender pensando que era Livia, mas em vez disso quem falou foi o advogado Guttadauro, sujeito muito próximo da máfia que o tratava com modos cerimoniosos.

– Caríssimo doutor! Faz tanto tempo que não tenho o prazer de ouvir sua voz que agora não resisti a lhe telefonar, apesar do avançado da hora. Como vai, caríssimo?

– Bem, obrigado. E o senhor?

– Não posso me queixar. Imagino que nestes dias o senhor esteja muito ocupado pelo homicídio daquele pobre negociante, Di Carlo... A tevê informou que o corpo dele foi encontrado, é verdade?

– Sim. Foi morto com um tiro de pistola na nuca.

– Então, seria uma execução de cunho mafioso?

– É o que quiseram nos fazer pensar.

– Compreendi. Mas o senhor, com essa agudíssima inteligência que o caracteriza, não acreditou nas aparências.

– Não, não acreditei.
– Quanto a isso, não duvidávamos. Jamais acreditar nas aparências. É uma regra que convém seguir sempre!

Aquele plural significava que Guttadauro não estava falando somente a título pessoal. Montalbano achou que a conversa estava durando demais.

– Bem, senhor advogado, agora que teve o prazer de ouvir minha voz...

– Queira me perdoar, caríssimo, não tomarei mais o seu tempo. Boa noite.

– Boa noite.

Pela boca do advogado, a máfia havia feito questão de avisar-lhe que não tinha nada a ver com a morte de Di Carlo. Isso, porém, ele já sabia desde o primeiro momento.

Mas por que Guttadauro havia insistido quanto às aparências? O que pretendia dar a entender?

Dezesseis

Na manhã seguinte, Platania chegou ao comissariado às nove em ponto, em companhia de um indivíduo todo vestido de preto e com óculos de lentes grossas. Chamava-se Garofalo e era o escrivão encarregado de averbar o interrogatório.

O comissário solicitou ao promotor permissão para levar também Fazio, o qual não assistiria ao interrogatório mas ficaria à disposição nos arredores.

– Teme alguma reação violenta por parte de Bonfiglio?
– De modo algum. Mas Fazio pode nos ser útil.

Platania não se opôs.

Nada mais havendo a tratar, entraram nos carros e partiram.

O número 6 da *via* Ragusa, que era uma rua bastante central, correspondia a um velho prediozinho de quatro andares, totalmente reformado alguns anos antes.

Não havia porteiro, e muito menos elevador.

– Bonfiglio mora no segundo andar.

Subiram. Cada andar tinha dois apartamentos. Fazio tocou no de Bonfiglio, e quase imediatamente a porta foi aberta por um cinquentão magricela, alourado e muito elegante.

– Fiquem à vontade.

No vestíbulo, o homem se apresentou como o advogado Emilio Laspina. Montalbano tinha ouvido falar bem dele.

– Embora continue com febre alta, meu cliente não quis adiar este encontro. Eu gostaria que essa disponibilidade dele fosse levada em justa consideração. Venham comigo, por favor.

A casa dispunha de aposentos grandes, bem arejados por amplas janelas, teto alto, corredor largo.

Uma edificação de outros tempos, de quando não se media o espaço em centímetros e as paredes eram espessas e sólidas. A sala era decorada com móveis de bom gosto.

Evidentemente Bonfiglio estava pior de saúde, e o mesmo se podia dizer de seu sistema nervoso.

Cumprimentou todos acenando com a cabeça, mas não abriu a boca, seu queixo tremia.

– Como vamos nos dispor? – perguntou Laspina.

– O senhor e seu cliente – respondeu Platania – podem se sentar no sofá, o doutor Montalbano e eu naquelas duas poltronas laterais. Garofalo pode ficar naquela cadeira e usar a mesinha ao lado.

– Antes de começarmos – interveio Montalbano –, seria oportuno que o sr. Bonfiglio nos entregasse a pistola que, num encontro anterior, ele declarou possuir.

– Já prevíamos essa solicitação – disse o advogado. – E meu cliente a entregou a mim. Está naquele estojo sobre a mesinha. Que eu saiba, nunca disparou um só tiro.

– Isso quem vai estabelecer é a Perícia. Fazio, leve a pistola em custódia e espere por nós na entrada – disse Montalbano.

Fazio pegou a arma e saiu.

Quando todos se instalaram, o comissário notou que no aposento pairava um silêncio absoluto. O barulho da rua não conseguia transpor as paredes, o próprio edifício parecia desabitado.

Platania, havendo terminado de ditar pausadamente a Garofalo os preliminares, passou a bola a Montalbano com um simples olhar.

– Sr. Bonfiglio... – principiou o comissário.

– Um momento – interrompeu o advogado Laspina. – Meu cliente recebeu uma notificação depois de ter sido submetido a um interrogatório que não foi averbado. Ainda por cima, sem a presença de um advogado. Foi um procedimento irregular. Então, das duas uma: ou se repete, averbando-o, o interrogatório anterior, ou não se averba tampouco este segundo interrogatório.

Sob o ponto de vista legal, a observação do advogado estava corretíssima. Mas isso significaria questionar tudo. Montalbano teve uma inspiração.

– No primeiro caso, deveríamos também repetir a inspeção na casa da srta. Romano, e também registrá-la por escrito.

Foram palavras mágicas. Bonfiglio, à ideia de precisar retornar àquela casa que o deixava tão abalado, remexeu-se no sofá, corou e disse a Laspina:

– Eu não volto àquela casa nem morto.

O advogado o encarou, meio intrigado. Mas Bonfiglio havia tomado uma decisão,

– Quero acabar com esta história o mais depressa possível – disse, com voz decidida –, e não estou nem aí se os senhores vão averbar ou não. Escritas ou não escritas, as coisas são o que são. Se os cavalheiros quiserem me interrogar, estou às ordens.

O advogado se dirigiu a Platania:

— Posso me retirar para outro aposento com meu cliente? Preciso conversar com ele.

Bonfiglio se antecipou à resposta do promotor:

— É desnecessário, não vou mudar minha posição.

Resignado, o advogado abriu os braços:

— Se meu cliente prefere assim...

— Então vamos começar — disse Platania.

Montalbano, na noite anterior, havia preparado um esquema mental sobre como proceder, mas a atitude de Bonfiglio lhe sugeriu um caminho diferente.

— Sr. Bonfiglio, não contesto o que já me disse, mas lhe peço um esclarecimento. Que é o seguinte: gostaria que nos contasse tudo o que aconteceu entre o senhor, Di Carlo e a srta. Romano, no aeroporto de Palermo, na tarde de 31 de agosto.

— Mas eu já contei!

— Contou por alto. Eu gostaria, porém, que o senhor contasse de novo com todos os detalhes, as minúcias que puder recordar, as palavras exatas que trocaram...

Bonfiglio fechou os olhos, como se quisesse se concentrar melhor, e começou a falar mantendo-os sempre fechados.

— Eu sabia que, para vir de Palermo a Vigàta, eles precisariam pegar um táxi...

— Estava armado?

Bonfiglio abriu os olhos de repente.

— Eu não tinha comigo nenhuma arma. Creio que já disse ao senhor que só viajo armado quando levo o mostruário.

— Continue.

— Por isso, esperei por eles no ponto de táxi. E logo os vi aparecer, olhando ao redor.

— Foi o senhor quem se aproximou dos dois?

— Não, fiquei parado. Eles me viram quase de imediato e, depois de falarem nervosamente entre si, vieram na minha direção. Silvana estava literalmente pendurada em Marcello, muito pálida, caminhando aos pulinhos, era claro que sentia medo.

— O senhor e ela brigavam muito, quando estavam juntos?
— De vez em quando, como acontece com todo mundo.
— Já bateu nela?

Bonfiglio respondeu em tom desdenhoso:
— Eu jamais bati numa mulher.
— Então por que, desta vez, ela estava com tanto medo?
— Porque desta vez tinha agido muito errado e intuía que eu me encontrava num estado que, até então, nunca...
— Pode ser mais preciso?
— Eu estava completamente fora de mim.

Bonfiglio transpirava. Enxugou o rosto com um lenço e se perdeu em um pensamento lá dele.

— Prossiga.
— Desculpe. Eu não me mexi, eles pararam na minha frente. A essa altura, Silvana disse: "Giorgio, por favor", ou algo assim. E começou a chorar. Eu respondi: "Saia da minha frente, sua puta, cuido de você depois". Imediatamente, Marcello...
— O senhor está repetindo exatamente as palavras que disse a ela?
— Ora, não sei! Como quer que eu possa me lembrar exatamente...? Em vez de *sua puta*, posso ter dito *sua vaca*, mas a essência...
— Continue.
— Imediatamente Marcello a afastou e pediu que eu me comportasse como uma pessoa civilizada. Mas eu estava...
— Pare aí. Depois disso, conseguiu falar, insultar, brigar diretamente com Silvana?
— Não, eu nem sequer olhei mais para ela. Como disse na outra vez, a certa altura, para evitar chegar às vias de fato com Marcello, peguei meu carro e fui embora.

— Em nosso encontro precedente, o senhor declarou que retornou a Vigàta no dia seguinte e ficou por dois dias fechado neste apartamento, sem sair. Foi isto mesmo?
— Sim.
— Mas ninguém, nem mesmo seus vizinhos, tem condições de confirmar sua afirmação.
— Não temos porteiro, e eu sequer escuto os passos dos moradores aqui de cima...
— Certo. O senhor afirma ter recebido um só telefonema durante esses dias. Pode esclarecer?
— Não há nada a esclarecer. Eu parti de Palermo às nove e meia, e cheguei aqui duas horas depois. Ainda estava desfazendo a mala quando o telefone tocou. Era o meu contador, que pediu desculpas porque havia errado o número.
— Como pode se lembrar desse telefonema sem importância, tantos dias depois?
— Eu me lembro porque logo em seguida tirei o aparelho da tomada e desliguei o celular, para não receber outras ligações. Não creio que meu contador se lembre, mas ainda assim o senhor pode conferir. De qualquer modo, não vejo qual seria a importância desse telefonema.
— Deixe que nós avaliemos isso — interveio Platania. — Como se chama esse contador?
— Virduzzo. Alfredo Virduzzo.
Montalbano teve um sobressalto.
Virduzzo!
Ora veja, mas que coincidência! E por que não tinha mais aparecido? O que havia acontecido? E não tinha dito que escreveria ao comissário uma carta?
E depois, de repente, Montalbano se lembrou de ter ouvido de alguém que Bonfiglio conhecera Silvana no escritório de seu contador.

Sem sequer se perguntar por quê, achou importante pedir uma confirmação.

– O senhor conheceu Silvana através de Virduzzo?

– Vejo que está muito bem informado. No início do ano, meu velho contador Deluca faleceu, e me indicaram esse Virduzzo. Fui procurá-lo, e lá...

– Qual era o trabalho dela?

Bonfiglio esperou uns segundos antes de responder.

– Oficialmente, era uma das três funcionárias.

– O que significa oficialmente?

– Que era muito mais do que isso.

– Ela era amante de Virduzzo?

Um leve sorriso apareceu nos lábios de Bonfiglio, que balançou negativamente a cabeça:

– De jeito nenhum!

– Então, explique-se melhor.

– Silvana tinha com ele um parentesco longínquo. Aos quinze anos, perdeu os pais. Era filha única, e então Virduzzo, que sempre foi um homem solitário, esquivo, um verdadeiro bicho do mato, inesperadamente a acolheu em casa, fez com que ela terminasse os estudos, começou a tratá-la e amá-la como a uma filha. Dizia que Silvana era a luz da vida dele. E essa relação, com o passar do tempo, permaneceu sempre...

Interrompeu-se.

– Sempre...? – perguntou Platania.

– Eu ia dizendo que permaneceu sempre inalterada, mas, na realidade, não foi assim. Ou melhor, sofreu uma mudança.

– Esclareça – pediu Montalbano.

– Bem, a certa altura o idílio entre os dois acabou. Foi quando Silvana começou a ter os primeiros namoricos, os primeiros amores... Virduzzo temia que alguém pudesse levá-la embora. Considerava a moça como uma coisa sua. A pobre

Silvana precisava recorrer a incríveis subterfúgios para ter um pouco de liberdade...

— Se as coisas ficaram assim, por que ela não residia mais com Virduzzo?

— Foi ele mesmo quem alugou uma casa para Silvana, depois que ela se formou. Mas tinha livre acesso ao lugar, tinha inclusive as chaves.

— Virduzzo sabia do caso entre ela e o senhor?

Bonfiglio ficou mudo por um tempinho, antes de responder.

— Silvana tomava muito cuidado. Mas não posso excluir que alguma coisa tenha chegado aos ouvidos dele. E isso explicaria por que eu às vezes fui obrigado a fugas noturnas e precipitadas, por causa da inesperada chegada de Virduzzo.

— Por que o senhor, Bonfiglio, não queria que Virduzzo soubesse de sua relação?

— Comissário, eu tenho sessenta e dois anos, dois menos que Virduzzo. Silvana tinha trinta e seis. Não lhe parece um bom motivo? Virduzzo iria cuspir fogo se...

— Sabia que nós encontramos o cadáver de Silvana?

De repente Bonfiglio ficou branco. Um leve tremor começou a sacudir todo seu corpo.

Apertou os dentes e não disse nada.

— O assassino a massacrou bestialmente, a socos e pontapés, e, depois de matá-la de maneira bárbara, livrou-se do cadáver jogando-o num lixão. Para recuperá-lo, tivemos literalmente de subtraí-lo às ratazanas.

Montalbano tinha pesado a mão propositadamente.

Bonfiglio se inclinou todo para diante e segurou a cabeça entre as mãos, enquanto de sua boca saía um gemido baixo e continuado.

Depois murmurou algo ininteligível.

— O que disse? — perguntou-lhe Platania.

— Ele disse "me arrependo" — informou Laspina.

— O senhor se arrepende de quê? Responda! — insistiu Platania.

Bonfiglio se endireitou, olhou para ele e respondeu, com dificuldade:

— Eu me arrependo de ter feito aquele...

Parou de chofre. Balançou várias vezes a cabeça, para recuperar um pouquinho de lucidez.

— De ter desejado a ela todo o mal possível — disse.

Montalbano calculou que havia chegado o momento certo para disparar o tiro de canhão:

— Sabe me informar em que data será o encontro, em Milão, dos representantes da Hermès?

Bonfiglio o encarou, perplexo.

— Como assim?

O comissário repetiu a pergunta.

— Em geral, é nos últimos dias de setembro.

— E este ano?

— Não sei dizer, porque ainda não recebi a carta de convocação. Mas por que o senhor quer saber?

— Não recebeu? — insistiu Platania.

— Não, ainda não.

— Tem certeza?

— Se estou dizendo que...

— O fato é que o comissário Montalbano encontrou essa carta — continuou Platania.

— Onde?

— Imagine só: embaixo da cama onde Di Carlo e a moça foram assassinados.

Inesperadamente, Bonfiglio saltou de pé. Havia ficado tão vermelho que parecia estar tendo um troço.

– Me mostre! – gritou.
– Não posso, está com a Perícia.
– O senhor está mentindo! Por que querem me arruinar? Eu nunca vi essa carta! Meu Deus! Não entendo como... Os senhores...

A palavra lhe faltou, suas pernas se dobraram, ele cambaleou violentamente para a frente e para trás e teria caído no chão, desmaiado, se Montalbano não o segurasse a tempo.

– O interrogatório acaba aqui – disse Laspina, perturbado.

Desceram a escada em silêncio.

Montalbano se sentia confuso e embaraçado.

Havia chegado à casa de Bonfiglio com a esperança de que o interrogatório fosse conclusivo, e estava saindo com um caminhão de dúvidas. Isso porque muitas vezes, nas palavras de Bonfiglio, havia percebido o som claro da verdade, e não o falso da mentira.

– Um momento – disse, quando, no vestíbulo, passaram diante da fileira de escaninhos de correspondência. No quarto, estava escrito: "Bonfiglio". Montalbano enfiou a mão na fresta, puxou e a portinhola se abriu. Não estava trancada. Qualquer pessoa poderia ter tirado as cartas que houvesse ali dentro.

Tendo o grupo chegado ao comissariado, Platania, antes de retornar a Montelusa, quis falar a sós com Montalbano.

– Quando voltávamos para cá – disse –, eu recebi um telefonema da Perícia. Tanto no envelope quanto na carta há uma grande quantidade de impressões digitais superpostas, o que impossibilita definir alguma com clareza. É um ponto em nosso desfavor.

– Isso é o de menos – retrucou o comissário. – O que mais me impressionou foi a atitude de Bonfiglio.

— Em que sentido?

— Veja, ele podia aproveitar de estalo o pretexto oferecido pelo advogado, mas não fez isso, e não se recusou a responder a nenhuma de nossas perguntas. Estava apostando na sorte? Não creio. Até o jogador mais temerário sabe que mesmo a sorte tem um limite.

— Então o que fazemos?

— Vamos ganhar tempo. Podemos dizer ao advogado, se o senhor estiver de acordo, que vamos esperar que o cliente se recupere totalmente para retomarmos o interrogatório.

— Parece uma boa ideia.

Como na noite anterior não tinha conseguido jantar, chegou à trattoria com uma fome de lobo. Para enorme satisfação de Enzo, almoçou com muita gana.

Sentia-se pesado ao deixar a mesa. Quando saiu da trattoria, estava ventando. Ele ficou indeciso por um momento, mas logo decidiu que a necessidade daquele passeio era absoluta. Caminhou mais devagar do que de hábito, detendo-se volta e meia para olhar os vagalhões que se chocavam contra o quebra-mar.

Sentou-se no recife plano, tentou acender um cigarro mas não conseguiu, o vento apagava o isqueiro. Desistiu, e começou a pensar na situação.

Era inútil negar: havia partido com a firme convicção de que Bonfiglio era o assassino, mas agora, em vez de chegar a uma certeza, tinha sido tomado pela dúvida.

E isso porque havia atribuído a Bonfiglio um modo de agir imaginário. Por exemplo: estava seguro de que Bonfiglio, no aeroporto, não tinha falado com Silvana, e no entanto ele tinha falado com ela, sim.

Outro exemplo: estava absolutamente persuadido de que, a propósito da carta, Bonfiglio admitiria tê-la perdido na noite em que havia ido à casa de Silvana com o galão de gasolina, e que depois tinha sido o assassino, inadvertidamente, a fazê-la ir parar embaixo da cama. Era uma possível linha de defesa, e no entanto Bonfiglio havia até mesmo negado tê-la recebido.

Bonfiglio não estava pregando uma mentira difícil de refutar; talvez estivesse dizendo uma verdade que era quase impossível de verificar.

Mas, a julgar pela aparência...

Como havia dito o advogado Guttadauro?

Jamais confiar nas aparências.

Será que a máfia sabia como haviam sido realmente as coisas, sabia quem era o assassino e tinha tentado adverti-lo de que ele estava percorrendo um caminho errado?

Levantou-se do recife mais confuso ainda.

E também, para dizer toda a verdade, uma frase de Bonfiglio o tinha atingido como uma paulada. Quando havia informado a ele que o corpo de Silvana tinha sido encontrado, e em qual estado, esperava tudo de Bonfiglio, menos as palavras que ele pronunciou então:

"Eu me arrependo de ter desejado a ela todo o mal possível".

Não são palavras que possam ocorrer a alguém que matou uma moça com as próprias mãos.

Ligou o carro mas, em vez de partir, continuou parado.

Sentia-se desorientado, não sabia o que fazer.

Talvez, admitiu a contragosto, Pasquano tivesse razão quando dizia que ele estava velho demais e que havia chegado sua hora de se aposentar. Mas não podia deixar pela metade a investigação. Precisava continuar. E, já que havia se lembrado de Pasquano, decidiu ir falar com ele.

Dezessete

Meia hora depois, entrava no instituto de polícia forense.
– O doutor está?
O recepcionista e telefonista provavelmente estava dormindo de olhos abertos, porque, ao ouvir Montalbano, sobressaltou-se na cadeira e demorou um pouquinho a focalizá-lo.
– Ainda não voltou.
Não esquentava a cabeça, o senhor doutor. Talvez, considerando que perdia as noites na roda de jogo, estivesse dando um cochilo pós-almoço.
Decidiu esperar por ele lá fora, fumando um cigarro. Mas, justamente quando ia transpor a porta, quase deu um encontrão em Pasquano, que vinha entrando. O doutor, com uma reverência, cedeu-lhe a passagem.
– Saia, saia, o senhor não sabe como é bom vê-lo ir embora!
– Lamento ser obrigado a decepcioná-lo. Eu não estava indo embora, ia esperar pelo senhor do lado de fora.
– Já vou lhe avisando que tenho muitíssimas coisas a fazer, e lamentavelmente não posso recebê-lo de imediato.

— Fique à vontade, eu espero.

Pasquano se rendeu:

— Tudo bem, venha.

Soltando palavrões, percorreu o corredor que levava à sua sala, com Montalbano atrás. Entraram.

O médico se sentou à escrivaninha e começou a ler uma papelada. O comissário já ia se acomodando numa cadeira quando Pasquano o deteve.

— Não, fique de pé mesmo, assim se despacha mais depressa e deixa logo de me encher o saco. O que deseja?

— O senhor sabe muito bem.

— Então vou ser telegráfico. A morte ocorreu muitos dias atrás, não sei dizer com precisão, mas creio que ela foi assassinada junto com aquele sujeito embrulhado em celofane. O corpo estava como se tivesse sido esmagado por um caminhão. Nenhum órgão interno ficou intacto. Evidentemente, o assassino perdeu o controle e continuou a massacrar o cadáver.

O comissário já sabia de tudo isso, então perguntou o que mais o interessava.

— Descobriu alguma coisa que possa me ajudar?

— Mas não foi justamente o senhor que a identificou?

— Sim, mas cada...

— Não viu em que condições se encontrava o cadáver? Em decomposição total. Meio como o senhor, caríssimo, com a única diferença de que o senhor, sabe-se lá de que jeito, consegue se fingir vivo.

Montalbano decidiu não somente não passar recibo da provocação como também amansar a fera.

— Mas o senhor, com seu olhar agudo, com sua experiência, tenho certeza de que descobriu algo que...

Pasquano caiu direitinho na esparrela.

— Bem, vou lhe revelar uma coisa que não pretendo registrar por escrito, porque não tenho cem por cento de certeza. Ou melhor, vamos cortar o mal pela raiz: não lhe revelo nada e fico mais tranquilo.

O comissário não desistiu. Sabia muito bem qual era o ponto fraco de Pasquano. Então disse, com ar distraído:

— Hoje de manhã, quando passei em frente ao Cafè Castiglione, vi que eles tinham uma novidade.

Ao ouvir falar do Cafè, cuja simples menção lhe dava água na boca, Pasquano não conseguiu evitar a pergunta:

— Que novidade?

— Pois é, eles estão preparando com antecedência os docinhos para o Dia de Finados: *mostazzoli, rami di meli, ossa di morti, frutti di marturana...*

Lambendo os lábios como uma criancinha, o doutor o fitou nos olhos e disse:

— Creio, preste atenção, creio que encontrei sinéquias que ocorreram anos atrás.

Montalbano não entendeu nada.

— E o que são sinéquias?

— São aderências que se formam no útero depois de uma raspagem malfeita, cuja consequência é que a mulher não pode mais ter filhos.

— Me explique: isso significa que a moça teria feito um aborto clandestino?

— Assim parece.

— Mas a lei 194 existe há trinta e cinco anos! Por que ela não foi a uma clínica autorizada?

— A resposta a essa sua pergunta é simples. Ela não podia deixar ninguém saber que havia engravidado. E, com isso, nosso feliz encontro se conclui. Espero que o senhor seja um homem de palavra.

– Tenha fé. Amanhã de manhã o senhor receberá uma bandeja sortida.

De volta a Vigàta, Montalbano chegou a uma conclusão amarga: tinha havido na investigação uma grande lacuna, e essa lacuna era representada por Silvana.

O que sabiam sobre ela?

Quase nada.

Dos seus trinta e seis anos de idade, só conheciam mais ou menos o que ela havia feito nos últimos seis meses. Sabiam que, nesse período, Silvana tinha vivido dois casos com dois homens.

Mas e antes?

Dos dezoito anos em diante, quantos outros homens ela havia conhecido? E, dentre esses, por qual teria se apaixonado?

E qual deles a teria engravidado?

E por que Silvana havia se visto na necessidade de abortar? Para ela fazer isso clandestinamente, uma explicação existia: Virduzzo não poderia descobrir de jeito nenhum.

Como agir, para saber mais coisas sobre Silvana?

Era inútil perguntar a Virduzzo: a moça devia ter escondido dele os namoros mais importantes, os fatos mais significativos.

E então?

A ideia certa lhe ocorreu assim que ele chegou ao comissariado. Ligou imediatamente para a Retelibera e pediu para falar com Zito.

– Nicolò, vou lhe dar uma informação importante. Encontramos o corpo de Silvana Romano, a namorada de Di Carlo.

– Também estava embrulhada em plástico?

— Não, mas foi enfiada num saco de lixo e jogada no vazadouro da Esplanada Leone.

— Devo transmitir a notícia, e mais nada?

— Não. Diga que precisamos saber tudo o que pudermos sobre ela, e que por isso quem a conheceu deve me procurar. Depois, transmita uma bela mentira, ou seja, que uma testemunha viu a cara do assassino quando este jogava o saco com a morta no lixão. E viu tão bem que nos possibilitou fazer um retrato falado, que será exibido no momento oportuno.

Montalbano quis assistir ao noticiário das oito da Retelibera no comissariado, junto com Augello e Fazio.

Nicolò Zito fez diligentemente tudo o que o comissário lhe havia pedido para fazer.

— Admita que procurar pessoas que conheçam Silvana é um tanto absurdo — disse Augello.

— Por quê?

— Você a trata como se essa moça fosse uma desconhecida. No entanto, basta convocar Virduzzo para saber tudo sobre ela. Além disso, ele deveria fazer o reconhecimento oficial.

— Não convoquei Virduzzo por dois motivos. Um: não creio que ele tenha conhecimento de muitas coisas sobre Silvana. Dois: Virduzzo está agindo de um modo no mínimo ilógico. Primeiro tenta falar comigo, e depois desaparece. Não quero entrar no jogo dele. Mas tenho certeza de que, agora que foi dada a notícia da descoberta do cadáver de Silvana, ele vai aparecer.

Em seguida Montalbano contou aos dois a descoberta feita por Pasquano sobre o aborto. Tinha acabado de falar quando o telefone ao lado de Augello tocou. Mimì atendeu e passou o aparelho ao comissário.

— É Catarella. Tem uma ligação para você.

— Ah, dotor, aconteceria que está na linha um senhor que se chama Paccania...

Na verdade, era Platania.

— Montalbano, queira desculpar, mas que história é essa do retrato falado? E por que motivo eu não fui...

Montalbano explicou a ele que nada daquilo era verdade, tratava-se de uma armadilha que podia funcionar. E desligou.

— Bom, como eu ia dizendo... — principiou.

O telefone tocou novamente. Augello atendeu e disse:

— É Catarella. Outra ligação para você.

— Ah, dotor, dotor! Ah, dotor! Ele está muito furiosíssimo, parece uma serpente de chocalho e tudo!

Era a típica ladainha catarelliana de quando, na outra ponta do fio, estava o senhor e chefe de polícia.

— Pode transferir.

— Montalbano! Enlouqueceu? Que história é essa do retrato falado de uma pessoa sobre a qual ninguém sabe nada?

O comissário repetiu a explicação, desligou, abriu a boca para falar e o telefone tocou.

— Arre, que saco! — disse Mimì, pegando o fone.

Ouviu e passou a Montalbano.

— Catarella de novo, e de novo para você.

— Ah, dotor, aconteceria que está na linha uma senhora que...

— Pode transferir.

— Alô, doutor Montalbano? Meu nome é Rita Cutaja.

Era a voz trêmula de uma mulher de certa idade, que se continha para não cair no choro.

— Pode falar, senhora.

— Acabei de ouvir na televisão que Silvana foi...

Montalbano ligou o viva voz.

A mulher não conseguiu mais se controlar. Agora chorava, e falava com dificuldade.

– Eu era... colega de trabalho e amiga de Silvana... faz dias que tento ligar para ela... ninguém sabe informar nada... se o senhor precisar, estou disponível...

– Senhora, se achar que não consegue vir ao comissariado, eu posso ir vê-la agora mesmo, desde que não lhe seja muito incômodo. Se me der seu endereço...

– Sim, tudo bem... *Corso* Regione Siciliana, 149.

O comissário se despediu e desligou.

– Querem vir comigo?

– Eu sim – disse Fazio.

– Eu fico aqui, para o caso de haver outros telefonemas, especialmente o de Virduzzo – respondeu Augello.

– Pena que você não ter assistido ao interrogatório de Bonfiglio – disse Montalbano a Fazio, quando entravam no carro. – Eu ia querer saber sua opinião.

Fazio sorriu.

– Doutor, eu ouvi tudo. Assim que o interrogatório começou, me desloquei da entrada para o corredor e, como a porta da sala estava aberta, escutei cada coisa.

– E o que achou?

– O que posso lhe dizer, doutor? Não me animo a botar a mão no fogo e afirmar que o assassino é ele. Bonfiglio se defendeu muito bem, disso não há dúvida, mas...

– Mas?

– Tive a impressão exata de que em certo momento, e só nesse momento, ele escondeu alguma coisa.

– Como assim?

– Foi quando ele mudou de assunto.

"Como funciona o cérebro humano?", perguntou-se Montalbano tempos depois, recapitulando aquele momento.

Foi quando ele mudou de assunto.

E de repente se lembrou de que Bonfiglio, no ponto talvez mais delicado do interrogatório, havia começado a dizer uma coisa e depois continuado e concluído dizendo outra.

E ele não tinha percebido isso porque estava totalmente concentrado na pergunta seguinte.

"O que disse?", pergunta Platania, que não entendeu o que Bonfiglio murmurou.

Quem responde é o advogado Laspina:

"Ele disse 'me arrependo' ".

Platania não larga o osso:

"O senhor se arrepende de quê? Responda!".

Finalmente Bonfiglio começa a falar.

"Eu me arrependo de ter feito aquele...".

E aqui se interrompeu, recomeçando pouco depois, mas mudando aquilo que havia começado a dizer.

"Me arrependo de ter desejado a ela todo o mal possível".

Na mosca! Fazio tinha razão.

Havia uma enorme diferença entre dizer "eu fiz" e dizer "eu desejei". Será que Bonfiglio ia dizendo que se arrependia de ter feito alguma coisa cuja consequência havia sido o homicídio da moça? E, se assim fosse, o que ele podia ter feito?

E por que havia se interrompido a tempo e não havia continuado? Temia ser acusado de cumplicidade?

E qual poderia ser a verdadeira continuação da frase? Eu me arrependo de ter feito aquele desatino? Aquele embuste?

– Chegamos – disse Fazio.

– Hã? – fez Montalbano, ainda fora do ar.

– Chegamos à casa daquela senhora que telefonou.

Me arrependo de ter feito aquele telefonema?

Mas se a palavra não dita fosse mesmo "telefonema", por que motivo Bonfiglio o tinha feito?

E o que poderia ter dito de tão grave, naquele telefonema, a ponto de se arrepender?

— Desça, doutor, fica melhor para eu estacionar.

Rita Cutaja era uma mulher de sessenta e cinco anos que podia ser encarada como o exemplar típico da funcionária que passou a vida inteira entre pastas e calhamaços empoeirados, dentro de escritórios de reduzida iluminação e espaço mais reduzido ainda.

Sóbria no vestir-se, sóbria no aspecto, sóbria nos gestos, vivia sozinha num apartamento pequenino e sobriamente arrumado.

Com frequência, quando falava, seus olhos se enchiam de lágrimas que ela enxugava com um lencinho de renda. Antes que Montalbano entrasse no assunto, foi ela quem fez uma pergunta:

— Já conversaram com o doutor Virduzzo?

— Ainda não.

— Talvez fosse melhor que, antes de...

— Deixe essa decisão conosco, senhora.

— Tudo bem.

— Quando conheceu Silvana?

— Quando o doutor Virduzzo a levou para o escritório e apresentou-a dizendo que ela era uma nova funcionária.

— Ela estava com quantos anos?

— Vinte e três, e tinha acabado de se formar.

— Quando foi levada para o escritório, Silvana já morava na casa dele havia oito anos. Durante todo esse longo período, ele nunca mencionou a presença da moça?

— Nunca.

— Não contou que ela era uma parente distante, que havia ficado órfã e que ele a tinha praticamente adotado?

— Não.
— E como a senhora e os outros funcionários souberam?
— A própria Silvana nos contou.
— Mas como é possível?
— Vê-se que o senhor não conhece o doutor... Ele nunca é grosseiro, longe disso, mas é um homem fechado, solitário, de poucas palavras. Em tantos anos de trabalho naquele escritório, só o vi furioso uma vez. Em geral, ele não parece ter sentimentos. Um coração árido, é isso. Não se casou. Depois da morte dos pais, quem cuida da casa dele é uma doméstica que já passou dos oitenta.
— Mas a Silvana ele se afeiçoou.
— Isso é inegável. Mas do jeito dele, e ela, coitadinha, se sentia sufocada.
— Pode explicar melhor?
— Pouco depois de começar no escritório, Silvana passou a me fazer confidências, a me considerar uma espécie de segunda mãe... Me contava coisas que não diria a ninguém... Por isso, estou em condições de lhe responder. O doutor a considerava como uma filha, é verdade. Porém, mais do que um pai, ou um padrasto, ele se mostrava um patrão, ou melhor, um dono, um proprietário. Silvana era uma coisa sua, e ele era ciumentíssimo; imagine que, quando ela precisava ir a Palermo para fazer alguma prova na universidade, ou ele ia junto ou mandava a doméstica acompanhá-la. Era tão exageradamente possessivo que, a certa altura, Silvana se rebelou.
— Como assim?
— Bem... para começar, conquistou uma certa autonomia convencendo o doutor a comprar para ela a casa onde...
— A casa não era alugada?
— Não. Silvana dizia isso não sei por quê, mas não era verdade... E depois começou a fazer das suas, quase por

brincadeira, por desafio, praticamente na cara dele. Era muito arriscado, porque o doutor tinha a chave... mas Silvana sempre conseguiu se safar, e ria disso comigo.

— Ela teve muitos namorados?

— Bem... sim.

— Preciso lhe perguntar uma coisa delicada. A autópsia revelou que havia sido praticado nela um aborto que...

— ... que infelizmente a deixou estéril. Sei de tudo.

— Quando foi?

— Sete anos atrás. Dessa vez ela me contou já depois do fato consumado... Foi o homem que a engravidou, e cujo nome ela não quis me dizer, quem organizou o aborto clandestino...

— Acho impossível que Virduzzo não...

— Por sorte, naqueles dias o doutor tinha ido a Roma, e por isso não teve como suspeitar... Mas, ainda assim, a relação entre ele e Silvana mudou.

— Em que sentido?

— Ela começou a odiá-lo.

— Me parece excessivo. A senhora não quis dizer detestá-lo?

— Não. Sei o que estou dizendo. Odiá-lo. Ela cismou que a culpa de tudo o que lhe havia acontecido, inclusive a esterilidade, era do doutor, que sempre a obrigou a mentir, a se esconder... Ele notou a mudança de Silvana e se enfureceu.

— Em que sentido?

— Começou a ignorá-la, humilhou-a confiando a outros funcionários os clientes dos quais até então ela era encarregada...

— E Silvana, como reagiu?

— Ela nunca me disse, mas tenho certeza de que se envolveu com um cliente do escritório, já mais velho, um tal de Bonfiglio, só porque esperava que a história chegasse ao conhecimento do doutor e o fizesse sofrer.

— Ela lhe falou sobre Di Carlo?

— Claro. Silvana o conheceu através de Bonfiglio. Os dois se apaixonaram e conseguiram perfeitamente não despertar suspeitas em ninguém. Mas a pobre Silvana... se viu entre dois fogos, compreende? De um lado o doutor Virduzzo, de outro Bonfiglio... E então imaginou como poderia passar ao menos um mês em paz com seu amor.

— Foi Silvana quem organizou as férias em Tenerife?

— Foi. Pediu dinheiro ao doutor, sugerindo, com meias palavras que desejava se afastar de um homem idoso que... Em suma, o doutor ficou muito feliz em pagar aquelas férias para ela, ignorando que Di Carlo iria ao encontro de Silvana.

— Então, Virduzzo sabia da relação de Silvana com Bonfiglio?

— Acredito que sim.

— Por que acredita?

— Certa manhã, eu estava na sala do doutor quando ele recebeu um telefonema de um cliente. Talvez este tenha dito a ele que havia encontrado Silvana em companhia de Bonfiglio, porque o doutor se alterou e começou a perguntar em que restaurante havia sido isso, e em que dia. Repetiu o nome de Bonfiglio em voz alta, furioso. Tinha ficado pálido como um morto e me mandou sair da sala. Essa foi a única vez em que o vi perder as estribeiras. Eu, naturalmente...

— A senhora me foi muito útil, obrigado — interrompeu Montalbano, levantando-se de repente.

Tanto Fazio quanto Rita Cutaja olharam para ele, espantados. Mas o comissário já se dirigia para a porta.

No comissariado, Augello os esperava, embora já fossem dez horas da noite.

— Virduzzo telefonou — informou.

— O que ele disse?

— Queria falar com você. Diz que está à disposição, que você pode ligar para a casa dele a qualquer hora.

— E como estava? Agitado? Chorando?

— Nem agitado nem chorando, mas sua voz tremia.

— Tudo bem. Nos revemos aqui amanhã de manhã, às nove.

Dezoito

Ficou sozinho no comissariado. Precisava raciocinar um pouco de si para si, sem ninguém ao redor.

A questão era a seguinte: devia agir segundo o que o instinto lhe sugeria, ou devia fazer tudo segundo as regras, avisando Platania e o advogado Laspina?

Mas... e se sua suposição se revelasse mais um erro, entre os muitos que havia cometido no decorrer da investigação?

Platania deixaria passar, fingindo que aquilo não era nada, ou solicitaria que ele fosse substituído?

Porque, e era inútil negar, ele havia cometido um equívoco quanto ao culpado, tinha encasquetado com a culpabilidade de Bonfiglio e seguido adiante sem freios, levando junto o promotor. E agora que se tratava de dar marcha a ré e apontar outra pessoa, imagine quantas provas e contraprovas Platania exigiria antes de se mover.

Mas aquela suposição era a única que, se confirmada, levaria diretamente ao assassino.

E assim chegava à pergunta clássica: o jogo, que afinal não era jogo, valia a aposta?

A resposta lhe ocorreu de imediato: sim, valia.

Levantou-se, respondeu ao boa-noite do agente que estava na central telefônica, saiu, pegou o carro e partiu.

Quinze minutos depois, parou diante do prediozinho onde Bonfiglio morava.

Desceu; o portão estava fechado. Olhou o relógio: dez e quarenta.

Talvez muito tarde para ir procurar qualquer pessoa, sem avisar.

Mas, já que estava ali...

Chamou pelo interfone. Nenhuma resposta. Difícil que Bonfiglio estivesse fora de casa; o mais provável era que, ainda com febre, tivesse ido se deitar. Chamou de novo, demoradamente.

Por fim, ouviu-se a voz, entre surpresa e irritada, de Bonfiglio.

– Mas quem é?!

– Montalbano.

Intuiu o estranhamento, o estupor, o espanto e talvez o pavor do outro. Era bem possível que estivesse pensando que o comissário tinha vindo prendê-lo.

– O que... o que deseja?

– Pode me receber, por favor?

– Me diga o que deseja.

– Desejo falar com o senhor a sós, de homem para homem, e sobretudo sem testemunhas.

Bonfiglio tentou uma última resistência.

– Eu já ia me deitar, ainda me sinto mal e não...

– Sr. Bonfiglio, por favor. Sei que estou incomodando, só vou lhe tomar cinco minutos.

O portão se destravou com um estalido. Montalbano empurrou-o e entrou.

Parou diante da fileira de escaninhos para correspondência e abriu o de Bonfiglio; dentro havia uma conta de luz, colocou-a de volta, subiu a escada.

Bonfiglio o esperava diante da porta aberta. Apertou-lhe a mão e o fez entrar na sala. Montalbano percebeu que ele estava muito pálido e tinha bolsas sob os olhos.

Demonstrava mais idade do que a verdadeira. E os cabelos, como era possível que parecessem ainda mais brancos do que na manhã daquele mesmo dia? Sentou-se diante do comissário e o olhou interrogativamente, sem abrir a boca.

– Obrigado por ter me recebido. Como já lhe disse e faço questão de repetir, estou aqui na condição de comissário, é verdade, mas não...

– ... de forma oficial. Compreendi.

– Também faço questão de lhe dizer que me enganei.

– Sobre o quê?

– Sobre o senhor.

– Como assim?

– Eu o considerava culpado.

– E agora, não mais?

– Não.

– Aconteceu algo novo para convencê-lo a...

– Nada de novo.

– E então?

– Repensei numa frase dita pelo senhor.

– Eu sempre lhe disse a verdade.

– Certo. Inclusive quando declarou se arrepender por ter desejado a Silvana todo o mal possível, disse a verdade.

– Mas se o senhor pensa que eu...

Montalbano o interrompeu:

– O problema é que existem verdade e verdade. Seu verdadeiro arrependimento pelo mal desejado tinha uma função, a de esconder o verdadeiro arrependimento pelo mal realmente feito.

– Mas se o senhor acabou de dizer que me considera inocente!

– Não exatamente. Eu não disse inocente, e sim não culpado pelo duplo homicídio.

– Que diferença faz?

– Enorme. E o senhor sabe muito bem.

– Não compreendo de que o senhor está falando.

– Talvez não se dê conta das graves consequências legais da posição que assumiu.

– Consequências legais?!

– Sim. Não tente blefar, não estamos numa mesa de pôquer. O senhor não tem saída: ou é acusado de instigação ao homicídio, ou é acusado de favorecimento. Delito menos grave do que o primeiro. Tenho certeza de que não falou disso nem mesmo com seu advogado.

– Mas de quê?! O que eu devia ter dito a ele?

– De novo? O senhor está me decepcionando. Eu o considerava, desculpe, mais ágil em compreender que eu estava tentando mantê-lo de fora. Mas, já que não pretende colaborar, vou ter que pedir ao doutor Platania autorização para ver os registros dos seus telefonemas.

Desta vez quem estava blefando era Montalbano, que não sabia se a história dos registros era coisa factível, mas Bonfiglio caiu como um patinho.

– Sim – respondeu.

– Telefonou a Virduzzo?

– Sim.

– Quando?

– No mesmo dia em que descobri que Silvana estava em Lanzarote com Marcello.

— Em que data?
— No dia 20 ou 21 de agosto, não lembro bem.
— Ligou daqui?
— Sim.
— Disse que era o senhor quem estava ligando?
— Certamente.
— Por que fez isso?

Bonfiglio balançou a cabeça.

— Bah, a esta altura eu não saberia lhe explicar por quê.
— Tente.
— Talvez eu estivesse furioso por ter sido enganado, talvez quisesse me desafogar, gritar, talvez quisesse que Virduzzo soubesse a verdade, que castigasse Silvana de algum modo, talvez demitindo-a ou deixando-a em dificuldades...
— Como Virduzzo reagiu?
— Não reagiu. Não dizia nada, só escutava, tanto que a certa altura eu achei que a ligação tinha caído, comecei a gritar "alô, alô", e ele disse "estou aqui", e só.
— Quem desligou primeiro?
— Ele. A certa altura, me interrompeu, dizendo, com voz gélida: "Obrigado pela informação", e desligou.

Bonfiglio passou a mão pelo rosto, respirou fundo e fitou o comissário, olhos nos olhos:

— Acredita se eu lhe disser que nunca, em momento algum, achei que meu telefonema pudesse... Faz noites que não consigo dormir...
— Acredito.
— E quero lhe dizer outra coisa. Se, durante o interrogatório, não falei desse telefonema, não foi porque temia ser acusado de instigação, como o senhor supôs, mas porque pensei que não acreditariam em mim, sobretudo o senhor, que parecia tão convencido da minha culpa. Entre mim e

Virduzzo, eu declarando haver telefonado e ele me desmentindo, assegurando não ter recebido nenhum telefonema, o senhor daria crédito a Virduzzo. E se eu começasse a gritar que a carta embaixo da cama havia sido colocada ali por Virduzzo, para me comprometer, o senhor não acreditaria. O senhor já tinha me condenado: de policial, o senhor tinha passado a juiz. Não foi assim?

– Foi – admitiu, cansado, o comissário.

De volta a Marinella, Montalbano decidiu: já que havia chegado até ali, iria até o fim. E o fim consistia em se sentar na varanda, devidamente munido de uísque e cigarros, e refletir, de estômago vazio, sobre as iniciativas a tomar. Provas contra Virduzzo ele não tinha, e seria quase impossível encontrar alguma.

A única chance era levá-lo a dar um passo em falso, fazê-lo sair a descoberto.

Mas como?

Pensou com afinco por cerca de meia hora, mas não chegou a nenhuma conclusão.

Então um ataque de mau humor o invadiu. O jeito era ir se deitar, esperando que de manhã, de cabeça fresca, conseguisse encontrar uma saída.

Em vez disso, foi quando escovava os dentes, olhando-se no espelho, que sobre o vidro ele viu aparecer à sua frente, com a clareza de um texto escrito numa lousa, aquilo que devia fazer.

Na manhã seguinte, às oito, depois de se aprontar nos trinques e de tomar duas enormes xícaras de café, teclou o número da casa de Virduzzo.

Uma mulher idosa atendeu.

– Aqui é o comissário Montalbano. Gostaria de falar com o sr. Virduzzo.

– Um momento, vou chamar.

– Bom dia, comissário. O senhor me precedeu. Eu estava aguardando que fossem nove horas para lhe telefonar para o comissariado. Na verdade, esperava que o senhor tivesse me informado que minha Silvana foi encontrada.

Montalbano ficou pasmo. Podia esperar tudo, menos escutar Virduzzo falando com voz firme e segura, sem qualquer vestígio de dor, verdadeira ou fingida que fosse. Decidiu imediatamente segui-lo pelo mesmo caminho.

– Se quiser vir falar comigo, estou à sua espera às dez e meia.

– Está bem. E o senhor me dirá como devo agir.

– Em relação a quê?

– A prestar denúncia formal de homicídio duplo contra Giorgio Bonfiglio. Aliás, pelo que se diz no vilarejo, ele já recebeu uma notificação.

Ora, ora, veja só como aquele veado queria virar o jogo!

– O senhor tem provas?

– Provas, não. Mas ele se traiu.

– Como?

– O senhor certamente sabe que minha Silvana deixou esse Bonfiglio porque estava apaixonada por um certo Di Carlo.

– Sim, eu sei.

– E também sabe que Silvana e Di Carlo passaram juntos o mês de agosto em Lanzarote?

– Sim, também sei disso.

– Mas não sabe que Bonfiglio me telefonou furioso para me revelar que Silvana e Di Carlo estavam passando férias juntos. Estava espumando de raiva, louco de ciúme, disse que iria matá-los com as próprias mãos.

– Queira desculpar, mas por que o senhor não me contou isso antes?

– Ora, comissário! Esqueceu quantas vezes nossos encontros foram cancelados? Era justamente disso que eu queria lhe falar, e, se tivesse conseguido, talvez minha Silvana ainda estivesse viva!

– Tudo bem, estou à sua espera – cortou o comissário.

Assim que chegou ao comissariado, Montalbano convocou Augello e Fazio e os atualizou sobre a situação.

– Virduzzo – concluiu – pretende com isso fazer os homicídios recaírem sobre os ombros de Bonfiglio. É um plano inteligente, concebido logo depois que Bonfiglio lhe telefonou, estudado em todos os detalhes e aplicado com extrema frieza. Pensem que ele sequestrou duas moças, para nos despistar, antes mesmo de matar Silvana e Di Carlo. Mas, como esses raptos não se tornam de conhecimento público, depois do homicídio duplo ele faz um terceiro sequestro que, desta vez, produz repercussão. E, para vocês verem a lúcida frieza desse assassino, pensem que ele me telefona para desmarcar um encontro justamente quando tem nas mãos Luigia Jacono, sequestrada e desmaiada. Paralelamente, espera que Bonfiglio retorne de Palermo, assegura-se disso com um telefonema, vai até o prédio de Bonfiglio e se apodera de uma carta dirigida a ele. Então mata os dois, em seguida incendeia a loja e faz o teatro do desaparecimento de Di Carlo. Tudo isso, sempre se mantendo em contato comigo sob a desculpa de querer me falar. Se tivesse conseguido, me contaria que estava muito preocupado porque não via Silvana havia alguns dias e temia que Bonfiglio pudesse ter feito algum mal a ela. E agora me vem com a denúncia contra Bonfiglio.

— Talvez fosse o caso de avisar ao doutor Platania — comentou Fazio.

— Tenho outra ideia — disse Montalbano. — Dispomos de uma hora antes da chegada de Virduzzo. Fazio, preciso de um uniforme de guarda noturno para um agente nosso vestir. E agora vou explicar a vocês como deve funcionar a coisa.

Montalbano não recordava Virduzzo do jeito como este se apresentou.

Não que ele tivesse mudado muito no aspecto físico; talvez as rugas no rosto estivessem mais profundas, mas havia algo bem diferente na atitude. Se antes o modo de falar e o de se mover pareciam os de uma pessoa indecisa e insegura, agora tudo nele manifestava firmeza e determinação. Estava todo vestido de preto, como se usava antigamente para um luto fechado.

Fazio estava presente ao encontro. Virduzzo apertou a mão de ambos e se sentou diante do comissário.

— Minhas mais sentidas condolências — disse Montalbano.

— Obrigado. Eu esperaria um telefonema seu, antes que o senhor falasse com a televisão.

— Tem razão, mas não houve tempo. Depois do telefonema de ontem à noite, o senhor ainda pretende denunciar Giorgio Bonfiglio pelo homicídio de sua... de sua... Como devo chamá-la?

A boca de Virduzzo se contorceu numa careta dolorida:

— Filha. Eu tinha adotado Silvana, para todos os efeitos.

— ... de sua filha Silvana e do namorado dela?

— Não mudei de ideia. Pelo contrário.

— Como soube que o cadáver havia sido descoberto?

— Soube pela minha empregada, que ouviu a notícia na televisão. Eu já estava deitado, não tenho me sentido bem por estes dias.

— Compreendo.

— Não pode compreender. O que me enlouquece, comissário, é que, se eu tivesse conseguido lhe comunicar meus temores sobre uma possível reação homicida de Bonfiglio, teríamos certamente evitado esse horror.

— Infelizmente... A empregada lhe disse onde encontramos Silvana?

— Sim. Aquele canalha a jogou no meio da imundície, como se ela fosse...

— Silvana o informou sobre seu namoro com Di Carlo?

— Claro. Embora não tenha sido precisamente assim.

— E como foi, então?

— Veja, em abril, creio, vim a saber casualmente da relação de minha filha com Bonfiglio. Que eu sabia ser um mulherengo e, além do mais, quase da minha idade. Manifestei a Silvana toda a minha desaprovação. Tivemos uma discussão bastante áspera. Depois, no final de maio ou no início de junho, ela me disse inesperadamente que havia terminado a relação com Bonfiglio e que precisava de um longo descanso. Feliz pelo rumo que as coisas haviam tomado, ofereci a ela dois meses de férias, por minha conta. Ela partiu em primeiro de julho para Tenerife. Em 2 de agosto me telefonou dizendo que se encontrava em Lanzarote, que por acaso havia conhecido um rapaz que era justamente de Vigàta e que decerto me agradaria, me disse como se chamava o rapaz, acrescentou que ele tinha uma loja de eletrônica... Pela primeira vez, senti que ela estava realmente feliz.

— O senhor chegou a encontrar Silvana quando ela retornou?

— Não, porque ela me telefonou na própria noite de sua volta, creio que em 31 de agosto, para dizer que não iria ao escritório, ainda queria passar uns dias fora de Vigàta com o namorado.

— Sua empregada lhe disse que um guarda noturno, cuja tarefa é vigiar para que ninguém jogue rejeitos tóxicos no lixão, viu o rosto do assassino, quando este se livrava do cadáver de Silvana?

Visivelmente, por alguns segundos Virduzzo prendeu a respiração. E demorou um pouco a responder.

— Não... não me disse.

— Ele o viu tão de perto que até pudemos fazer um retrato falado.

Desta vez, Virduzzo teve dificuldade de falar.

— Mas... mas como foi que... que o assassino não percebeu?

— O guarda estava abaixado atrás de uma moita... uma necessidade repentina.

— Mas não era noite?

— É verdade. Mas havia lua cheia, e ainda por cima o assassino foi iluminado por...

— Ele reconheceu Bonfiglio? — interrompeu Virduzzo, nervoso.

— Esse é o problema. Segundo ele, não era Bonfiglio. E, assim, ficamos de mãos abanando. Estamos mostrando a ele algumas pessoas que conheceram sua filha. Aliás, já que o senhor está aqui... Fazio, por favor.

Fazio se levantou e saiu da sala. Claramente, Virduzzo estava aflito. Havia começado a transpirar e, mantendo a cabeça baixa, olhava fixamente para os próprios sapatos. Montalbano sentiu um desagradável fedor de suor ácido. Alguns minutos depois de ter saído, Fazio voltou, seguido por Augello e pelo agente Lovecchio, que usava um uniforme de guarda noturno. Virduzzo não se mexeu.

— Doutor Virduzzo — pediu Montalbano —, pode fazer a gentileza de se levantar?

Virduzzo se ergueu, mantendo sempre a cabeça baixa. O agente Lovecchio olhou rapidamente o comissário e compreendeu no ar aquilo que este lhe disse com a vista.

– Sr. Virduzzo, por favor, olhe para o sr. Cammarata.

O fedor de suor era agora insuportável. Devagarinho, como se lhe custasse uma enorme fadiga, Virduzzo foi levantando a cabeça. O agente o fitou.

– Não, não era ele – declarou.

– Tem certeza?

– Absoluta.

– Obrigado, pode ir. Mimì, você fica.

Virduzzo desabou na cadeira como uma marionete de quem haviam sido cortados os cordões que a mantinham de pé.

– Queira desculpar, doutor Virduzzo – disse Montalbano. – Mas era uma formalidade que não podíamos dispensar, e cujo resultado eu já imaginava com absoluta certeza.

Virduzzo se recuperou quase de imediato. Endireitou os ombros e falou com voz novamente firme e segura.

– Compreendo muito bem, está mais do que desculpado.

"É agora!", disse a si mesmo o comissário. "Agora que ele relaxou, agora que se sente fora de perigo, agora que abaixou as defesas…"

– Ah, me esclareça uma coisa – pediu.

– Pois não – respondeu Virduzzo.

– A empregada certamente lhe contou que a televisão descreveu de que modo Silvana foi assassinada…

– Sim, ela me contou. Com mãos nuas. A socos e pontapés.

– Engana-se – fez o comissário, quase com doçura.

– Como assim?

– O jornalista não descreveu como Silvana foi morta, porque ele não sabia.

Em uma fração de segundos, tudo se precipitou.

Virduzzo saltou de pé e retrocedeu até se encostar à parede, enquanto em sua mão direita surgia uma pistola.

– Ninguém se mexe! – intimou.

Apesar da ameaça, Montalbano se levantou de chofre:

– Me entregue essa arma!

Como única resposta, Virduzzo disparou na direção do comissário, mas a pistola negou fogo e Virduzzo não teve tempo de dar um segundo tiro porque Mimì Augello, que era o mais próximo dele, desfechou-lhe um poderoso pontapé nos colhões e um segundo, ainda mais forte, em plena cara, enquanto o outro se dobrava ao meio de tanta dor.

Fazio o algemou e o puxou, deixando-o de pé. Embora seu rosto estivesse reduzido a uma máscara de sangue, Virduzzo começou a bradar:

– Silvana era minha! Minha! Entenderam? Ela me pertencia!

– Tranque esse sujeito na cela! – ordenou o comissário.

– E merecia ser assassinada, como a grande puta que era! – continuou Virduzzo, enquanto Fazio e Augello o arrastavam para fora.

Montalbano fechou a porta de sua sala para não o escutar mais.

Nota
Esta investigação de Montalbano é uma das pouquíssimas que não se originaram do noticiário policial. Sendo, portanto, de minha total invenção, dificilmente alguém, homem ou mulher, poderá se reconhecer num personagem ou numa situação específica. Mas se, infelizmente, isso vier a ocorrer, a responsabilidade deverá ser atribuída ao acaso.

A.C.

Sobre o autor

Nascido em 1925 em Agriento, Itália, Andrea Camilleri trabalhou por muito tempo como roteirista e diretor de teatro e televisão, produzindo os famosos seriados policiais do comissário Maigret e do tenente Sheridan. Estreou como romancista em 1978, mas a consagração viria apenas no início dos anos 1990, quando publicou *A forma da água*, primeiro caso do comissário Salvo Montalbano. Desde então, Camilleri recebeu os principais prêmios literários italianos e tornou-se sucesso de público e crítica em todos os países onde foi editado, com milhões de exemplares vendidos no mundo.

Impresso na Gráfica Eskenazi
São Paulo, SP, Brasil